Stadtflimmern und Kajal

Die Autorin

Marie Winnefeld wurde am Rande des Teutoburger Waldes geboren. Seit sie lesen gelernt und entdeckt hat, dass aus den Buchstaben des Alphabets Wörter, Sätze und letztendlich Geschichten entstehen, fasziniert sie das geschriebene Wort. Sie liebt es, fantasievoll Wort an Wort zu reihen, bis eine Geschichte zu Ende erzählt ist. Sie schreibt Kurzgeschichten und Romane.

Nach einer kaufmännischen Ausbildung hat Marie Winnefeld ein paar Semester Psychologie absolviert, als Managementassistentin gearbeitet und in Heidelberg Betriebswirtschaft studiert. Heute lebt sie in Osnabrück.

Zehn Jahre lang hat sie Amateur- und Impro-Theater gespielt und nutzt diese Erfahrung, um lebendige Romanfiguren zu entwickeln.

Marie Winnefeld

Stadtflimmern und Kajal

Roman

Bibliografische Information der Deutschen Nationalbibliothek:
Die Deutsche Nationalbibliothek verzeichnet diese Publikation in der Deutschen Nationalbibliografie; detaillierte bibliografische Daten sind im Internet über www.dnb.de abrufbar.

Deutschsprachige Erstausgabe Februar 2021
© 2021 Marie Winnefeld

Covergestaltung: Wolkenart - Marie-Katharina Becker, www.wolkenart.com
Unter Verwendung folgender Bilder: ©Shutterstock.com (stockfour, Iris_Images, Paul shuang)
Lektorat: Michael Lohmann, www.worttaten.de
Herstellung und Verlag: BoD – Books on Demand, Norderstedt
1. Auflage
ISBN: 978-3-75340-517-9

Für Gerd

1

Robina versuchte, in der engen Kabine der Toilette ihre teure Hose auszuziehen, ohne die dreckigen Fliesen zu streifen. An die beschmierten Wände mochte sie sich nicht anlehnen, sondern balancierte auf einem Bein. Konzentriert zog sie ein Hosenbein über ihren Fuß. Als sie am Knie angelangt war, verlor sie das Gleichgewicht – ihr Fuß berührte den Boden.

»Mist!«

Robina prüfte den Fleck auf der Anzughose und rubbelte sachte darüber. Zum Glück blieb nichts haften.

Sie faltete den Anzug zusammen. Aus der Tasche, die sie auf den Haken an der Tür gehängt hatte, holte sie Jeans und Pullover. Beim Anziehen der Jeans gelang es ihr, den Boden nicht zu berühren. Sie kramte einen kleinen Spiegel hervor, stellte ihn auf den Toilettenkasten und zog ihre schwarzhaarige Perücke vom Kopf. Ihre Haare lagen platt am Kopf an wie jedes Mal, wenn sie den ganzen Tag die Perücke getragen hatte. Mit ein paar gekonnten Griffen brachte Robina die Locken ihrer langen roten Haare in Form – so gut es ging. Dann horchte sie, ob noch eine andere Frau in der Bahnhofstoilette war, die sie beim Reingehen hätte sehen können. Vorsichtig öffnete sie die Tür, sah nach rechts und links und ging zum Waschbecken, um einen prüfenden Blick in den Spiegel zu werfen.

Robina eilte zum Gleis, auf dem ihr Zug in ein paar Minuten abfahren und sie an ihren Wohnort Glanfeld bringen würde. Sie liebte die Großstadt und würde lieber hier in Berfurt wohnen, aber für die hohen Mieten reichten ihre Einnahmen nicht aus.

Sobald sie in der ersten Klasse Platz genommen hatte, ließ sie ihren Blick über die schnell dahineilende Landschaft gleiten und dachte an den zurückliegenden Tag. Ihr Streifzug hatte sich gelohnt; fast tausend Euro hatte sie verdient. Damit kam sie eine Weile gut zurecht.

Den kurzen Weg vom Bahnhof in Glanfeld zu ihrer Wohnung ging Robina zu Fuß. Sie öffnete die Eingangstür und sah den Vermieter im Treppenhaus. Zu spät zum Flüchten, dachte sie. Er gehörte zu der Sorte Mensch ›Concierge mit Kontrollzwang‹ und so benahm er sich auch. Er fand immer etwas, über das er sich aufregte. Robina wusste, dass er sie nicht gern im Haus sah, seitdem sich die Umstände in ihrem Leben geändert hatten. Vor fünf Jahren hatte sie die Wohnung nur bekommen, weil sie eine ansehnliche Verdienstbescheinigung vorlegen konnte. Zu der Zeit hatte sie noch als Marketingassistentin in einer angesehenen Immobilienfirma gearbeitet.

»Frau Hood, Sie haben wieder Ihr Fahrrad am Hintereingang stehen gelassen. Das geht so nicht!«

Robina wollte nur rasch in ihre eigenen vier Wände und in Ruhe den Abend genießen.

»Ja, Herr Wehrmeier, ich stell es sofort weg.«

»Ich hab das doch schon hundert Mal gesagt und ständig steht Ihr Rad da wieder im Weg rum! Von dort bis zum Schuppen im Garten sind es nur fünf Meter!«

Herr Wehrmeier schlug grundsätzlich einen Ton an, der weit über der normalen Sprechlautstärke lag. Robina mochte das nicht und fühlte sich durch seine Art zu sprechen eingeschüchtert.

»Gestern Abend dachte ich, dass ich es noch einmal brauche, und dann hab ich es leider vergessen.«

»Wenn das hier jeder so machen würde, dann …«

»Genau jetzt stelle ich das Rad in den Fahrradschuppen.«

Sie eilte zu ihrem Fahrrad und hörte draußen noch Herrn Wehrmeier, der irgendetwas schimpfte.

In Gedanken nannte sie den Vermieter Herr Lehrmeier. Robina liebte Wortspiele. Dadurch ließ sich vieles im Alltag besser ertragen, selbst der cholerische Vermieter.

Auf dem Weg zu ihrer Wohnung war Herr Wehrmeier zum Glück nicht mehr im Treppenhaus. Dafür lag ein Brief in ihrem Kasten, der ihre Laune in den Keller sinken ließ. Das Logo auf dem Umschlag reichte, um ihr die Stimmung zu vermiesen, deshalb legte sie den Brief ungeöffnet im Flur auf die Kommode. Darum würde sie sich später kümmern …

Oder morgen …

Als Robina ins Bett ging, schien der Vollmond durch das Dachfenster. Den Anblick genoss sie einen Moment und schlief dann ein …

Sie saß in einem Café in Berfurt, hielt eine Latte macchiato in der Hand und freute sich auf das Stück Kuchen. Sie schaute sich im Café um und erschrak. An den anderen Tischen saß jeweils ein Mann. Alle trugen Anzüge und starrten sie an. Mit zitternden Händen stellte sie das Glas auf der Untertasse ab. Schnell raus hier, dachte sie. In dem Augenblick fühlte sie eine eisige Hand auf ihrer Schulter. Jemand beugte sich zu ihr herunter und flüsterte: »Jetzt haben wir dich! Das Spiel ist aus!«

Schweißgebadet wachte sie aus dem Albtraum auf. Aus Erfahrung wusste sie, dass sie nicht wieder einschlafen würde, und quälte sich aus dem Bett. Nach einer ausgiebigen Dusche fühlte sie sich besser. Sie frühstückte lange auf ihrem kleinen Balkon. Ende Mai war es so früh morgens noch ein wenig frisch, aber die ersten kräftigen Sonnenstrahlen schienen vom wolkenlosen Himmel.

2

Sven raste durch den Straßenverkehr und schaffte es nicht, an der roten Ampel abzubremsen. Sein Trekkingrad Marke Bianchi schien von allein zu fahren, es sauste über die Kreuzung. Mehrere Autos hupten. Sven hatte einen guten Schutzengel, er fuhr oft zu schnell und regte sich jeden Tag über Autofahrer auf, die ihm die Vorfahrt nahmen oder zu nah an sein Rad heranfuhren.

Er fuhr meistens zu spät los wie heute. Leider, wie er sich oft eingestand. Ihm blieb nichts anderes übrig, als die Zeit durch seinen rasanten Fahrstil wieder aufzuholen, was ihm Ende Juni bei strahlendem Sonnenschein leicht gelang. In den letzten Wochen hatte es nicht immer geklappt und er war wiederholt zu spät zum Dienst gekommen. Falk von Lambert, sein Chef im Restaurant, hatte ihn im Visier. Sven arbeitete in der ›Steaktafel‹ als Junge für alles. Gemüse putzen, Salate anrichten, spülen.

Er stellte sein Fahrrad wie jeden Tag neben der großen Mülltonne hinter dem Restaurant ab und eilte durch den Personaleingang in die Küche.

Falk von Lambert kam herein und pfiff ein Lied.

»Heute mal pünktlich, der Herr, das lobe ich mir. Du kannst gleich zwei Mal Caprese für Tisch 5 zubereiten. Frischer Büffelmozzarella steht im Kühlraum.«

»Klaro, ich mache mich sofort an die Arbeit.«

An Tisch 5 saß mittags der Chef persönlich und speiste eine Kleinigkeit, allein oder wie heute zusammen mit einem Bekannten. Sven legte sich ins Zeug, die Caprese musste appetitlich aussehen und gut schmecken. Kochen durfte er nicht. Noch nicht, dachte Sven. Ich bekomme Herrn von Lambert noch dahin, dass ich hier eine Ausbildung als Koch machen kann. Wenn das stimmt, was ich über ihn herausbekommen habe, dann …

»Ist die Caprese fertig?«, rief der Chefkoch.

Tisch 5 stand in dem großen Restaurant in einer Ecke hinter dem Thekenbereich. Von hier aus hatte Falk alles im Blick und konnte trotzdem in Ruhe essen. Die ›Steaktafel‹ war stilvoll eingerichtet, nicht zu überladen. Alles wirkte elegant und aufgeräumt, jedoch nicht kalt.

Heute speiste er mit Adrian Gasch, einem Regisseur vom Berfurt Theater, das zwei Straßen weiter lag.

Passend zum Essen hatte er einen Chianti entkorkt. Adrians Glas stand noch voll auf dem Tisch und den Salat hatte er kaum angerührt.

»Mundet dir der Wein heute nicht?«, fragte Falk und stellte seinen leeren Teller zur Seite.

»Mhm«, antwortete Adrian.

»Mein Freund, was ist los mit dir?«

»Ach, du weißt doch. Die Premiere steht kurz bevor.«

»Ja. Die Premiere wird super, so wie alle deine Stücke. Glaub mir.«

»Gewiss. Falk, ich weiß, aber ich bin nervöser als die Schauspieler. Gestern bei der Hauptprobe lief alles schief. Wozu habe ich denn so lange mit denen geprobt?«

»Das war in der Vergangenheit oft so und dann lief trotzdem alles reibungslos. Warte erst mal nächste Woche die Generalprobe ab.«

»Ich sag dir, gestern nach der Probe auf dem Weg nach draußen sagt tatsächlich die Hauptdarstellerin zu ihrem Kollegen: ›Ach, ist doch alles nur Theater‹. Die hat vielleicht Nerven.«

Falk konnte sich ein Grinsen nicht verkneifen.

»An der nimm dir mal ein Beispiel.«

»Ja, du sagst das so leicht.«

»Du wirst sehen, wie immer war die ganze Aufregung umsonst.«

»Hoffentlich hast du recht.«

»Bestimmt.«

»Bella und ich konnten uns in dem ganzen Probenstress kein einziges Mal sehen. Aber nächste Woche sehen wir uns wieder.«

»Pass bloß auf, die Geschichte mit der Frau geht nicht gut aus.«

»Neidisch?«

»Nein, nein. Affären sagen mir nicht zu. Außerdem würde ich nie die Frau eines Freundes …«

Adrian sah rasch auf seine Uhr: »So spät schon. Du, ich muss los.«

Falk blieb noch einen Moment sitzen und genoss den Chianti. Sein Oberkellner Garco begann den Tisch abzuräumen.

»Darf ich fragen, ob dem Herrn der Salat und der Wein nicht geschmeckt haben?« Garco runzelte die Stirn.

»Nein, nein, Garco. Der Herr Regisseur steht kurz vor einer Premiere. Das schlägt ihm immer auf den Magen.«

»Dann bin ich ja beruhigt, Herr von Lambert. Dort drüben sitzt übrigens Herr Koning.«

»Vielen Dank, Garco. Ich hab ihn gar nicht reinkommen sehen.«

Gero Koning, ein guter Freund von Falk, saß an seinem bevorzugten Tisch. Falk wusste, dass Gero und Adrian sich nicht mochten. Gero trug einen maßgeschneiderten schwarzen Anzug. Genussvoll aß er sein Dessert und las in einem Buch. Falk schlenderte mit dem Weinglas in der Hand zu ihm.

»Hallo, mein Freund. Du hast dich wohl reingeschlichen.«

»Der Herr Regisseur sah betreuungsbedürftig aus, da wollte ich euch nicht stören«, sagte Gero und grinste.

»Ja, Premiere ... du weißt doch.«

»Komm, setz dich zu mir.«

»Geht leider nicht, ich hab gleich einen Termin mit einem Gast, der seinen Geburtstag hier feiern möchte.«

»Termine, Termine.«

»Sonst bist du immer der Vielbeschäftigte ohne Lücken im Kalender.« Er neckte seinen Freund.

»Stimmt. Aber heute habe ich Zeit für eine ausgiebige Mittagspause. Da habe ich ...«

Geros Smartphone klingelte. Er warf einen Blick darauf und stellte es aus.

»Ich hatte Zeit, die Pause ist vorbei.«

Falk wusste, dass Gero den Wecker im Smartphone stellte, weil er beim Lesen alles um sich herum vergaß.

»Mein Freund, wir müssen mal wieder ein Gläschen zusammen trinken«, schlug Falk vor.

»Auf jeden Fall. Gern ohne den Herrn Regisseur.«

Falk verdrehte die Augen.

»Natürlich ohne Adrian«, erwiderte er, »ich muss dir unbedingt etwas erzählen. Hier im Viertel passieren im Moment merkwürdige Dinge.«

»Du machst mich neugierig. Also, dann hoffentlich bis bald«, sagte Gero.

3

*A*drian Gasch schlenderte auf dem Weg zum Theater bei Marlene vorbei. Die Generalprobe gestern
war nicht so katastrophal verlaufen wie die Hauptprobe,
jedoch plagten Adrian Ängste, wenn er an die heutige
Premiere dachte. Er wollte versuchen, sein flaues Gefühl
im Magen durch eine Currywurst zu beruhigen.

Marlene war die Besitzerin eines Pommes-frites-
Stands direkt an der Benau, die sich durch Berfurt
schlängelte. Adrian fand die resolute Frau sehr unter-
haltsam und hoffte, sie könnte ihn von seiner Nervosität
ablenken. Den Namen Marlene hatten ihre Eltern ange-
lehnt an die berühmte Marlene Dietrich gewählt
und ›Pommes Marlenchen‹, wie ihre Stammkunden sie
liebevoll nannten, machte ihrem Namen alle Ehre. Marlene war als junges Mädchen der Star in der Schulthea-
tergruppe gewesen und wäre gern Schauspielerin geworden. Doch für die Schauspielschule reichte das Geld
nicht. Die unterdrückte Leidenschaft tobte sie heute
ausgiebig zur Erheiterung der Gäste in ihrem Pommesstand aus. Wenn Marlene gut gelaunt war, gab sie
manchmal eine komplette Szene aus einem klassischen
Stück zum Besten. Ihre Paraderolle war die des Gret-
chens aus Goethes ›Faust‹. Die männlichen Textstellen

rezitierte sie für ihr Publikum mit tiefer Stimme. Erstaunlicherweise gelang es ihr, nebenbei Pommes zu schwenken und Bratwürste zu wenden.

»Ach, Adrianchen, wat guckste denn so bedröppelt? Wird schon schief jehen mit die Premiere.«

»Gewiss, Marlenchen, da wirst du wohl recht haben. Du kennst mich doch, mein Magen dreht sich vor jeder Premiere immer im Karussell. Aber eine von deinen leckeren Currywürsten hilft bestimmt.«

Marlene servierte Adrian eine extra große Portion.

»Na jut, jeht heute aufs Haus.«

»Da sage ich vielen Dank.«

Adrian nahm den ersten Happen von seiner Wurst.

»Mhm, lecker, lecker.«

»Ick wollt dich mal fragen …«, setzte Marlene an.

Adrian unterbrach sie mit vollem Mund: »Marlenchen, jetzt frag mich bitte nicht wieder nach einer Statistenrolle!«

»Jut, dat hab ick dich schon mal gefragt, aber …«

»Gewiss, du fragst mich gefühlt jedes Mal, wenn ich hier bin, meine Liebe.«

Marlene zog eine Schnute und wollte etwas sagen, doch Adrian kam ihr zuvor.

»Ich hab dir schon mal erklärt, dass das für dich nicht das Richtige ist. Statisten sprechen in der Regel bei den Aufführungen nicht, sonst würde man die Rolle ja mit einem gelernten Schauspieler besetzen. Die Edelstatisten, die dürfen mal ein, zwei Sätze sagen, aber die brauchen wir fast nie. Das passt nicht, bei deinem Temperament.«

»Na jut, ick frag dich nach der Sommerpause noch mal.«

Adrian verdrehte die Augen, lächelte aber trotzdem.

Um Marlene einen Gefallen zu tun, rief er mit ausschweifender Geste: »Mein schönes Fräulein, darf ich wagen, meinen Arm und Geleit Ihr anzutragen?«

Marlenes Augen leuchteten, sie stellte sich prompt in Pose und erwiderte textgetreu: »Bin weder Fräulein, weder schön, kann ungeleitet nach Hause gehn.«

Beide lachten.

Adrian staunte oft darüber, dass Marlene beim Vortragen eines Textes ihren Dialekt ablegte und perfektes Hochdeutsch sprach. Genau genommen sprach Marlene mehrere Dialekte gleichzeitig. Niemand wusste, welche genau sie ineinander mischte. Es hieß, sie habe lange Zeit in Berlin und im Ruhrgebiet gelebt, aber das waren nur Gerüchte.

Adrian atmete hörbar ein und aus.

»Langsam muss ich los, Marlenchen. Drück mir die Daumen!«

»Dat Schälchen mit der Wurst ist ja noch halb voll!«

»Mehr schaffe ich nicht. Aber es liegt nicht an der Currywurst, das schwöre ich!« Feierlich legte Adrian eine Hand auf sein Herz.

»Na jut. Du, dat wird jut gehen. Wirst schon sehen.«

Adrian schlug seinen luftigen weißen Seidenschal à la Johannes Heesters um den Hals und ging. Der Schal war sein Markenzeichen. Im Winter wechselte er zu einem Wollschal, ebenfalls schneeweiß.

Marlene sah Adrian nach und seufzte wehmütig. Schade, dachte sie, mit ›Currywurst umsonst‹ komme ich wohl nicht an eine Statistenrolle.

Sie räumte die Reste der Currywurst weg. Dabei fiel ihr eine merkwürdige Begebenheit ein, die ein paar

Wochen zurücklag. An dem Tag hatte Adrian auch Currywurst gegessen, als eine Gruppe junger Frauen an den Pommesstand gekommen war und mit Händen und Füßen bestellt hatte. Sie sprachen nur Englisch; das verstand Marlene nicht. Beim Essen inspizierten sie die kleine Speisekarte auf den Tischen. Eine von ihnen kam auf Marlene zu und zeigte auf den letzten Abschnitt der Karte. Dort stand ein kurzer Text, der mit witzigen Grafiken illustriert war. Aus ihren Gesten schloss Marlene, dass sie wissen wollte, was dort stand.

Angeblich haben die Belgier die Pommes frites erfunden und sie zu Beginn in Fischform frittiert. Das konnte sie unmöglich mit Zeichensprache erklären. Marlene erinnerte sich daran, wie Adrian einmal mit einem Dirigenten Englisch gesprochen hatte. Also verwies sie die Engländerin an ihn.

Mit der Speisekarte ging die Frau zu Adrian und zeigte auf den Text: »Can you translate this for me, please?«

Der Regisseur wies sie barsch ab. Enttäuscht ging die Frau zurück zu der Gruppe.

Marlene fragte ihn, warum er das nicht übersetzen könne, und bekam als Antwort, er wisse die Vokabeln nicht. Anschließend verschwand Adrian rasch.

Kurz darauf kam Sven auf seinem Fahrrad vorbei. Marlene bat ihn, den Damen die Geschichte der Pommes frites zu übersetzen. Sven mischte sich sofort unter die Gruppe und erklärte alles, teilweise mithilfe seines Smartphones.

Je mehr sie darüber nachdachte, desto merkwürdiger fand sie es. Sie wusste, dass die Küchenhilfe aus der ›Steaktafel‹ nur knapp den Hauptschulabschluss

geschafft hatte. Adrian hingegen hatte sich damals ange-
regt in Englisch unterhalten.

Vielleicht bedeutete das gar nichts. Jedoch fielen
Marlene noch andere Begebenheiten ein. Zum Beispiel
hatte sie Adrian noch nie mit einem Buch gesehen. Alle
Schauspieler, die sie bewirtete, trugen immer ein Skript
unter dem Arm, das sie beim Essen aufschlugen.

4

*D*er Brief, den Robina vor einigen Wochen erhalten hatte, hatte lange ungeöffnet auf ihrer Kommode gelegen. Wie befürchtet enthielt das Anschreiben einen Termin, zu dem sie erscheinen musste, auf den sie jedoch nicht die geringste Lust hatte. Um sich abzulenken, hatte Robina gestern bis spät in die Nacht gemalt. Ein kleiner Nebenraum in ihrer Wohnung diente als Atelier. Wie so oft waren mit jedem Pinselstrich ihre Sorgen mehr und mehr in den Hintergrund getreten.

Heute wollte sie erneut auf Streifzug gehen. Ihre Fingernägel hatte sie dezent lackiert, die Tasche stand bereit. Als sie den Reißverschluss zuziehen wollte, klingelte ihr Telefon.

»Robina Hood.«

»Hallo, meine Liebe, erreiche ich dich doch noch, das ist ja schön.«

»Christa, du bist es. Hallo.«

»Ich hab es gestern Abend schon ein paar Mal bei dir probiert.«

»Da hab ich gemalt.«

»Ach ja, da bist du dann in deine Welt vertieft. Ist alles in Ordnung bei dir, geht's dir gut?«

»Ja, ich wollte gerade los nach Berfurt.«

»Oh. Ich will dich nicht von deinem Streifzug abhalten.«

Robina schluckte kurz. Es fühlte sich noch ungewohnt an, dass die alte Dame über ihre Einnahmen Bescheid wusste. Vor ein paar Monaten war es ihr schlecht gegangen und sie hatte Christa an einem Abend mit zu viel Wein ihr Herz ausgeschüttet.

»Kein Problem, ich bin ja selbstständig. Ich kann anfangen, wann ich möchte«, scherzte Robina.

»Die Einstellung lob ich mir. Aber gut hörst du dich nicht an, wenn ich das mal anmerken darf.«

»Dir bleibt auch nichts verborgen, selbst am Telefon. Ich hab nicht gut geschlafen, weil ich wieder von dem Mann im schwarzen Anzug geträumt habe. An Einzelheiten kann ich mich nicht mehr erinnern, aber ich bin schweißgebadet aufgewacht.«

»Nun, vielleicht kämpft dein Unterbewusstsein mit deinem schlechten Gewissen? Du weißt, ich möchte dir in nichts reinreden, aber irgendetwas in deinem Inneren geht anscheinend nicht so cool mit der Situation um, wie du es gern hättest.«

»Ja, wahrscheinlich hast du recht. Lass uns ein andermal darüber reden.«

Zu Beginn ihrer Streifzüge hatte Robina lange Zeit mit ihrem Gewissen gekämpft, aber der Wunsch war stärker, sich mehr leisten zu können als nur einen vollen Kühlschrank. Als sie noch in der Immobilienbranche gearbeitet hatte, war sie nicht konsumorientiert gewesen. In jener Zeit war ein Kinoabend, ein Tag in der Sauna oder ein Abendessen mit Freunden finanziell kein Problem gewesen. Das hatte Robina genügt. Solche normalen Dinge hatte sie mehr und mehr vermisst. Mittlerweile kam sie mit den Einnahmen aus den Streifzügen prima zurecht.

»Gern. Du, warum ich eigentlich anrufe, ich fahre am Donnerstag zu einer Freundin in den Schwarzwald. Am Sonntag komme ich zurück. Kannst du dich bitte wieder um Merle kümmern?«

»Ja, natürlich. Das übernehme ich sehr gern.«

»Prima, Schlüssel hast du ja. Futter steht wie immer in der Abstellkammer.«

»Ich finde schon alles. Meld dich, wenn du zurück bist.«

»So machen wir's. Bis bald.«

»Tschüss.«

Robina kümmerte sich gern um die Katze der Rentnerin; die hatte sie auf Anhieb in ihr Herz geschlossen. Christa wohnte bei ihr um die Ecke. Eines Tages waren sie auf der Straße zufällig ins Gespräch gekommen. Daraus war nach und nach ein freundschaftlicher Kontakt entstanden. Sie genoss die Unterhaltungen mit der alten Dame sehr, die vor ihrer Pensionierung im Kunstmuseum in Berfurt gearbeitet hatte.

Robina sah noch einmal in ihre Tasche, ob sie alles eingepackt hatte: Kostüm, Seidenstrümpfe, Pumps, Schminke, Perücke, Brille mit Fensterglas. Es fehlte nichts.

Bei ihrem ersten Streifzug hatte sie sich zu Hause umgezogen und war gleich ihrem Vermieter, dem Wehrmeier – Lehrmeier –, auf der Treppe begegnet. Er hatte sie verdutzt angestarrt. Robina war schnell an ihm vorbeigegangen. Herr Wehrmeier hatte sie augenscheinlich nicht einordnen können. Eine Perücke, elegante

Kleidung und eine Brille verändern das Aussehen eines Menschen enorm. Selbst Robina hatte nach ihrer ersten Verwandlung erstaunt in den Spiegel gestarrt. Zudem benutzte sie Theaterschminke, unter der man ihren normalen Teint nicht mehr erkennen konnte. Im Alltag schminkte sie sich nur dezent.

Nach der Begegnung mit Lehrmeier hatte Robina ihre Taktik geändert. Seitdem zog sie sich erst in der Bahnhofstoilette in Berfurt um.

Heute war dort viel Betrieb, wie so oft. Aber niemand nahm Notiz von ihr.

Sie verkleidete und schminkte sich in Ruhe. Anschließend verstaute sie die Tasche im Schließfach. Dann ging sie in Richtung des Businessviertels, in dem Robinas Kunden arbeiteten, zu Mittag aßen, ihre Meetings abhielten, einen Kaffee tranken und so beschäftigt damit waren, noch mehr Geld zu verdienen, dass sie Robina nicht bemerkten.

Die ersten Einnahmen hatte sie heute rasch gemacht, saß im ›Chez Jacques‹ und genoss ihre Mousse au Chocolat. Die schmeckte hier immer köstlich. Eigentlich hatte sie genug verdient, um wieder eine Weile damit gut leben zu können, aber sie wollte noch zum ›Café Stressless‹. Dort tranken zahlreiche Banker und Geschäftsleute ihren Kaffee nach dem Lunch. Gleich herrschte dort Hochbetrieb – ideale Bedingungen für Robina.

5

*H*err Koning, ich muss kurz stören.«

»Sie stören nie, Frau Luft, das wissen Sie doch.«

Frau Luft lächelte ihn an.

»Lassen Sie mich raten, bei so exzellenter Laune ist Ihr Meeting heute Morgen gut verlaufen, oder?«

»Ja. Nur ›gut‹ ist untertrieben, es lief fantastisch, Frau Luft. Nicht zuletzt aufgrund Ihrer hervorragenden Vorbereitung.«

Gero wusste, dass seine Sekretärin, die seit über zehn Jahren für ihn in der Target AG arbeitete, mit Komplimenten nicht gut umgehen konnte; dennoch erlaubte er sich von Zeit zu Zeit ein Lob.

»Sie haben Vater und Sohn der Firma Mayer wahrscheinlich wieder mit Argumenten und Statistiken um den Finger gewickelt«, lenkte Frau Luft ein.

»Nun, ja. Zu Beginn liefen die Verhandlungen zäh, aber letztendlich hab ich den alten Haudegen überzeugen können.«

»Aber?«

»Nichts … aber.«

»Ich dachte, ich hätte ein Stirnrunzeln wahrgenommen.«

»Ihnen entgeht wie immer nichts. Ja, Sie haben recht. Sachlich lief alles bestens, nur der Sohn vom Mayer versuchte am Ende des Meetings das Gespräch ins Private zu lenken. Die Verhandlungen waren zu dem Zeitpunkt bereits beendet. Ich frage mich, warum er das getan hat.«

Gero schaute nachdenklich aus dem Fenster.

»Was meinen Sie mit: ›ins Private lenken‹?«

»Er fing an mit der Frage, ob ich in Hamburg studiert hätte. Ich hab wohl mal erwähnt, dass ich dort aufgewachsen bin. Die Frage habe ich beantwortet. Dass ich nicht studiert habe, steht sowieso in zahlreichen Fachzeitschriften. Sie wissen schon …«

Frau Luft nickte. »Und was wollte er noch wissen?«

»Wie ich es damals geschafft hätte, ohne Studium direkt nach dem Abitur so viel Geld an der Börse zu verdienen, mit dem ich meine Firma gründen konnte. Die Frage hätte ich unter Umständen beantwortet, aber er fragte direkt weiter nach dem Absturz des Segelflugzeugs meiner Eltern. Das wurde mir zu persönlich. Ein strenger Blick von mir reichte, um ihn zu stoppen. Der Senior hat sogleich das Thema gewechselt.«

»Das ist tatsächlich seltsam. Von Mayer junior wird behauptet, er kann sich gegen seinen Vater in der Firma nicht durchsetzen. Vielleicht wollte er sich nur wichtigmachen?«

Geros Gedanken schweiften ab zum schwärzesten Tag in seiner Kindheit: als er die Nachricht vom Tod seiner Eltern erhalten hatte. Bis zu jenem Tag war er wohlbehütet in einem reichen Elternhaus aufgewachsen, das keine Jungenwünsche offenließ. Nach dem Unglück änderte sich alles – von einem Tag auf den anderen. Den

Rest der Kindheit und Jugend lebte er bei seiner Oma in ärmlichen Verhältnissen. Sein Onkel übernahm die Firma seines Vaters und musste nach kurzer Zeit Insolvenz anmelden. Das gesamte Vermögen verschwand auf dubiose Weise.

Neben dem Verlust seiner Eltern litt er unter dem ständig knappen Budget der Großmutter. Seit der Erfahrung war Geld für Gero extrem wichtig. Deshalb erlernte er nach dem Abitur keinen Beruf, sondern setzte sich umfassend mit dem Börsengeschäft auseinander. Das Startkapital bekam er von der Oma. Gero erinnerte sich noch daran, wie erstaunt er war, als seine Oma ihm zum achtzehnten Geburtstag ein Sparbuch schenkte, auf dem sie monatlich kleine Beträge eingezahlt hatte. Über die Jahre hatte sich ein größerer Betrag summiert.

»Herr Koning?«

Frau Luft sah ihn besorgt an.

»Entschuldigung, ich war gerade mit meinen Gedanken woanders.«

»Das macht doch nichts. Ich brauche noch ein paar Unterschriften. Die Verträge liegen in der Mappe. Und Ihren Tisch in der ›Steaktafel‹ habe ich für ein Uhr reserviert.«

»Vielen Dank.«

Gero kämmte seine schwarzen Haare – vereinzelt graue Strähnen zeigten sich schon –, rückte den ohnehin perfekt sitzenden schwarzen Anzug zurecht und steckte im letzten Moment noch sein aktuelles Buch ein. Er liebte Kafka; er hatte fast alle seine Bücher verschlungen. Zu seinem Bedauern war die Buchauswahl bei verstorbenen Schriftstellern begrenzt. Er fragte sich, warum es eigentlich in dem Bereich keine Ghostwriter gab.

Talentierte Autoren, die genau so schreiben konnten wie Franz Kafka oder Thomas Mann, gab es doch bestimmt. Rechtlich war es vermutlich eine schwierige Angelegenheit. Vielleicht sollte er das einmal recherchieren …

In der ›Steaktafel‹ begrüßte ihn Oberkellner Garco erfreut und begleitete ihn zu seinem Lieblingstisch. Meistens aß Gero allein, er war schon immer ein Einzelgänger. Er fühlte sich mit einem spannenden Buch oftmals wohler als in Gesellschaft. Allerdings beobachtete er gern andere Menschen und im Restaurant gab es oft interessante Gäste.

Nach einem vorzüglichen Essen las er sich in seinem Buch fest und wollte den Genuss nicht unterbrechen. Als selbstständiger Unternehmer konnte er sich solche Nachmittage leisten. Nur er entschied, ob, und, vor allem, wann er arbeitete. Es gab Zeiten, in denen er nächtelang durcharbeite, um ein Herzens-Projekt zu realisieren. Wenn er kein festes Ziel vor Augen hatte, ließ er sich schon mal gehen und wartete. Leerlauf ertrugen die meisten Menschen nicht; sie bekamen Angst vor der Stagnation oder davor, irgendetwas zu verpassen. Nur keine Ruhe und keinen Stillstand schien die Devise zu sein. Früher war er der hitzige Durchstarter gewesen, bis er gemerkt hatte, dass im Innehalten oft die wirklichen Chancen lagen. Letztendlich entwickelte er die Idee für seine Firma im Urlaub, in der Entspannung, statt im krampfhaften Nachdenken.

Mittlerweile ließ Gero sich mehr und mehr beim Lesen ablenken. Ein paar Tische entfernt hatte eine Frau Platz genommen, die seine Aufmerksamkeit wachrief. Die Schwarzhaarige war mittelgroß, schlank und sportlich. Sie war elegant gekleidet. Die Brille minderte ihre Schönheit nicht.

Je häufiger er zu ihr hinübersah, desto aufregender fand er sie. Er konnte nicht genau sagen, warum, aber sie machte auf ihn einen extrem autarken Eindruck. Selbstverständlich war sie autark im Wortsinn. Er schätzte sie auf Mitte dreißig. Im besonderen Sinne wirkte sie auf Gero unabhängig oder vielleicht war ›frei‹ das passendere Wort.

6

*J*m ›Café Stressless‹ hatte Robina wie erwartet leichtes Spiel gehabt. In euphorischer Stimmung, fast schwebend, verließ sie das Café. Sie hatte oft das Gefühl, dass ihr Hochgefühl durch eine Adrenalinausschüttung verursacht wurde, die die Streifzüge bei ihr hervorriefen.

Kurze Zeit später saß Robina im Restaurant ›Steaktafel‹. Das besuchte sie gern nach getaner Arbeit. Ihr Lieblingslokal. Nicht, um Geld zu verdienen, sondern um einen Kaffee im Großstadtflair zu genießen, bevor sie nach Glanfeld zurückfuhr.

Sie sah sich um, nur wenige Plätze waren besetzt. Ein paar Tische entfernt entdeckte sie einen gut aussehenden schwarzhaarigen Mann im Anzug. Er schien sie zu beobachten, senkte aber sofort seinen Blick wieder in das Buch vor sich. Am Cover, auf dem ein großes Ungeziefer abgebildet war, erkannte sie sofort, dass der Fremde ›Die Verwandlung‹ von Kafka las. Sie mochte weder Kafka noch die grässliche Geschichte, die sie vor Jahren zu lesen versucht hatte.

Robina bestellte eine Latte macchiato und ein Stück Erdbeertorte. Dann beobachtete sie den Mann aus dem Augenwinkel und verkniff sich ein Grinsen. Der

Schwarzhaarige sah angestrengt in das Buch und tat so, als läse er. Extra betont blätterte er Seite für Seite um. Sie war sich aber sicher, dass er die letzten Minuten keine Zeile mehr gelesen hatte.

Genussvoll senkte sie ihre Kuchengabel in die Torte. Nach einer Weile begannen die wiederkehrenden Blicke des Kafka-Lesers, sie zu beunruhigen. Vielleicht ist er von der Polizei, dachte sie. Obwohl, dafür ist er zu gut gekleidet.

Wenn Robina nervös wurde, rieb sie sich meist mit dem Zeigefinger durch ein Auge. Die Angewohnheit hatte schon oft fatale Folgen gehabt. Sie vergaß in solchen Momenten, dass sie geschminkt war – sogar das wasserfeste Kajal hielt der Geste nicht stand. Mitunter sahen fremde Menschen sie sonderbar an, bis Robina bemerkte, dass sie mit einem schwarzen Auge herumlief.

Garco stand zwischen Robina und dem Kafka-Leser am Tisch eines älteren Herrn. Der versuchte, lautstark zu bestellen.

»Bittschön, a Melange.«

»Wie meinen der Herr?« Garco schien irritiert.

»A Melange … die müssen'S doch kennen?«

»Nein, es tut mir leid. Darf ich fragen, ob Sie vielleicht einen Kaffee möchten?«

»Einen Kaffee«, echauffierte sich der Herr, »eine Melange, Mokka mit Milch, den kennen'S net? Warn'S noch net in Wien?«

»Nein, mein Herr, leider nicht, es soll ja durchaus schön dort sein. Also einen Kaffee mit Milch, der Herr. Sehr wohl. In Wien war ich wirklich noch nicht. Aber gehört hab ich natürlich schon viel von der schönen Stadt. Wo liegt die noch gleich? In der Schweiz?«

»Schleich di«, entrüstete sich der Wiener.

»Sehr wohl, der Herr.«

Robina hatte genauso wie der Kafka-Leser alles unweigerlich mit angehört. Genau in dem Moment, als der Kellner wegging, trafen sich ihre Blicke. Zaghaft lächelten sie sich an, bis Robina den Blickkontakt abbrach. Sie wurde nervös und stoppte in letzter Sekunde ihren Finger, mit dem sie durch ihr Auge reiben wollte.

Einerseits fand sie den Mann äußerst attraktiv, er strahlte eine innere Stärke aus, das mochte sie. Andererseits flirtete sie zwar gern, aber nicht in ihrer Verkleidung. Bislang war ihr das noch nie passiert. Robina fragte sich, ob sie vielleicht ihre Rolle, die sie spielte, mittlerweile zu perfekt verinnerlicht hatte.

Der Mann suchte erneut Blickkontakt, den sie nicht erwiderte. Sie beeilte sich zu bezahlen. Betont lässig ging sie Richtung Ausgang.

An der Garderobe, die vom Restaurant aus nicht einsehbar war, hingen nur drei Jacken. Eine unbändige Neugierde überkam sie. Robina schaffte es nicht, ihren Blick von dem teuren Jackett abzuwenden. Die gehört bestimmt ihm. Sie nahm ihren Blazer vom Bügel, hielt ihn vor das Jackett und tat so, als suchte sie etwas in der Tasche ihres Blazers. Tatsächlich durchfingerte sie das Jackett. Sie fand nur einen Brief, adressiert an den *Vorstandsvorsitzenden Herrn Gero Koning*. So heißt er also.

Durch ihre Neugierde abgelenkt, achtete sie nicht darauf, was um sie herum geschah. Plötzlich stand der Kafka-Leser neben ihr und sah sie entsetzt an.

»Was fällt Ihnen ein!«

Blitzschnell rannte Robina los. Der Mann griff im letzten Moment nach ihrem Blazer und riss ihn ihr aus der Hand.

7

*G*ero brauchte ein paar Sekunden, bevor er begriff, was passiert war. Nachdem er sich gefangen hatte, riss er die Tür auf und rannte auf die Straße. Er schaute sich nach der Frau um, fand sie aber nicht.

Er hatte beschlossen, ihr nachzugehen, um sie anzusprechen. Das tat er sonst nie, doch irgendetwas faszinierte ihn an der Frau.

Er ging zurück in die ›Steaktafel‹.

Garco stand an seinem Tisch und schaute ihn verwundert an.

»Herr Koning, darf ich fragen, ob alles in Ordnung ist?«

»Ja, Garco, alles bestens. Die Rechnung bitte.«

Der Blazer, den er in der Hand hielt, fiel ihm erst jetzt auf. Vorsichtig durchsuchte er die Taschen. Er wollte schon aufgeben, als er in der Innentasche etwas ertastete. Er zog eine Plastikkarte heraus. Eine Jahreskarte für das große Kunstmuseum in Berfurt. Sie interessiert sich für Kunst, das ist toll, bringt mich aber nicht weiter, dachte Gero. Nachdenklich sah er sich die Rückseite der Karte an und strich mit den Fingern über den Namen der Frau, die seinen Brief gestohlen hatte.

Plötzlich fiel ihm sein Termin heute Nachmittag ein. Er war bereits spät dran. Rasch wählte er die Telefonnummer seines Freundes, des Malers Kritzewitz. Gero war sein Mäzen und hatte zugesagt, auf der Vernissage eine Rede zu halten.

***

Robinas Herz schlug bis zum Hals. Sie atmete ein paar Mal tief durch. In einem nahen Hauseingang versuchte sie, ihre Gedanken zu sortieren.

Wie komme ich von hier am schnellsten zum Bahnhof? Denk nach, Robina. Als hätte jemand ihre Gedanken gehört, tauchte vor ihr ein Taxi auf, das sie sofort heranwinkte. Der Fahrer sah sie erst im letzten Moment und bremste scharf ab.

Auf dem Weg zum Bahnhof dachte sie, die Anspannung fiele langsam von ihr ab. Ihre Einnahmen von heute lagen zum Glück in ihrer Handtasche, die sie nie aus den Augen ließ. Niemals! Sie war immer bei ihr. Papiere wie Personalausweis oder dergleichen nahm sie bewusst nicht mit auf ihre Streifzüge. Heute Morgen war die Jahreskarte für ihr Lieblingsmuseum per Post gekommen. Robina hatte den dazugehörigen Brief samt Kuvert direkt in den Mülleimer vor dem Haus entsorgt. Die Karte hatte sie nicht im Briefkasten zurückgelassen, sondern in die Innentasche ihres Blazers gesteckt. Das erwies sich jetzt als Fehler. Es war nur eine Jahreskarte, nichts wirklich Geheimes, aber auf der Karte stand ihre Adresse. Das bedeutete, der Kafka-Leser wusste, wie sie hieß und wo sie wohnte. Robina beschlich ein mulmiges

Gefühl. Er könnte zur Polizei gehen und sie anzeigen, er könnte zu ihr fahren und sie zur Rede stellen oder so manches mehr. Robina fantasierte. Nein sie war nicht entspannt, überhaupt nicht.

Das war Panik-Modus.

Erst spät am Abend, zu Hause auf dem Sofa, versuchte sie, alles nüchtern zu betrachten. Sie war eine Stunde joggen gegangen und hatte hinterher ausgiebig gebadet. Mittlerweile konnte sie wieder klar denken.

Der Kafka-Leser ... wie hieß der noch? Robina erinnerte sich erst jetzt an den Brief, den sie mitgenommen hatte. Sie holte ihn aus der Handtasche und las im Adressfeld Gero Koning.

Also, Herr Koning hatte ihren Blazer, den konnte er behalten, das war ihr egal. Die Jahreskarte vom Kunstmuseum hatte er bestimmt gefunden – darauf stand ihre Adresse. Was konnte er damit anfangen? Vielleicht würde er zur Polizei gehen? Nur, warum sollte er das tun? Der Mann hatte gesehen, wie sie ihn bestohlen hatte. Nun ja, nicht direkt, er hatte gesehen, wie sie sich an seinem Jackett zu schaffen machte. Daraus könnte er schließen, dass sie dort irgendetwas gesucht hatte. Mittlerweile ärgerte sie sich über ihre spontane Handlung. Warum hatte sie das getan? Sie fand keine logische Erklärung.

Sie überlegte, ob es Sinn ergab, Kontakt zu Herrn Koning aufzunehmen, war aber unsicher. Vielleicht war der Vorfall für ihn nur eine Lappalie, die er längst vergessen hatte. Darauf hoffte Robina und entschied, im Moment nichts zu tun außer abzuwarten. Das behagte ihr ganz und gar nicht.

Sie schaute den Brief eine Weile unentschlossen an. Schließlich holte sie ihn aus dem Umschlag, der sorgfältig, wohl mit einem Brieföffner, aufgeschlitzt worden war. Sie begann zu lesen. Nach den ersten Sätzen hielt Robina vor Staunen die Hand vor den Mund.

8

*H*eute hatte Sven Frühschicht. Er war mit den Vorbereitungen in der Küche schon fertig. Bevor die ›Steaktafel‹ ihre Türen öffnete, wollte er am Tresen einen Kaffee trinken. Er schaute Garco gern beim Eindecken der Tische zu. Der Oberkellner hieß nicht wirklich so, Garco war eine Abkürzung von Garçon. Sein richtiger Name war ein russischer Vorname, den niemand aussprechen konnte. Er war in Deutschland aufgewachsen und sprach fließend Deutsch, hatte aber russische Wurzeln.

Mit seinen zwei Metern Größe wirkte er ein bisschen schlaksig, überzeugte aber trotzdem jeden Gast durch seine feine Art. Garco bereitete die Arbeit im Restaurant viel Freude und er ging ganz im Bedienen der Gäste auf. Wenn alle zufrieden waren, ging er abends mit einem Lächeln nach Hause.

»Hi, Garco, wie sieht's bei dir aus?«

»Ach, Sven, so weit alles in Ordnung. Allerdings gibt es heute eine neue Steakvariation, die der Chefkoch kreiert hat. Ich hoffe, dass sie meinen Gästen schmecken wird.«

»Klaro, was wir kochen, schmeckt den Gästen.«

»Du meinst, was der Koch kocht?«

Er nahm ihm die Anspielung nicht übel, wusste er doch, dass sein Kollege es nicht böse meinte.

»Ja, was der Koch kocht.«

»Ich kann mich noch daran erinnern, dass der schon mal so eine Idee hatte. Leider konnte er Herrn von Lambert davon überzeugen, Steaks mit gebackenen Waffeln anzubieten. Wie kann jemand auf so eine Idee kommen?«

Sven lachte. Die Geschichte kannte er in unterschiedlichen Varianten, hörte sie aber gern noch einmal.

»Sogar unser Stammkunde, der Chef der Bank, du weißt, wen ich meine, hat mich nach dem Verzehr gefragt, ob wir denn jetzt einen an der Waffel hätten. Eine Woche lang hatte sich die kulinarische Entgleisung auf der Speisekarte gehalten, dann wurde sie zum Glück gestrichen.«

Bankchef Adalbert Baar hatte zwei Monate die ›Steaktafel‹ nicht mehr besucht. In der Zeit ging es Garco schlecht, weil einer seiner Lieblingsgäste fernblieb. Jedes Mal, wenn der Bankier das Restaurant betrat, blühte Garco auf und strahlte.

»Wenn ich endlich kochen dürfte, würde so was gar nicht passieren.«

»Du durftest doch schon einmal kochen. Weißt du nicht mehr?«

»Klaro, aber das ist nur schiefgegangen, weil ich so aufgeregt war. Ich wollte halt alles perfekt machen.«

»Verbrannte Steaks sind nicht perfekt, Sven.«

»Mhm.«

»Vielleicht gibt Herr von Lambert dir ja irgendwann die Chance, hier eine Ausbildung zum Koch zu machen.«

»Vielleicht sogar schon bald ...«

Sven trank gerade den letzten Schluck Kaffee, als Falk von Lambert hereinkam. Wie jeden Tag begrüßte der Chef die beiden per Handschlag. Herr von Lambert begrüßte jeden Tag das gesamte Personal per Handschlag. Zu Beginn hatte Sven das seltsam gefunden. Mittlerweile freute er sich über die Geste.

Der Restaurantbesitzer schenkte sich ein Glas Wasser ein. Auf seiner Stirn bildete sich eine Denkfalte.

»Gestern sind wieder Gäste hier im Viertel bestohlen worden. Vorhin habe ich Pierre vom ›Chez Jacques‹ getroffen, dort gab es mehrere Vorfälle.«

»Die letzten Diebstähle sind doch schon ein paar Wochen her, oder?«, fragte Sven.

»Das ist richtig, Sven, aber gestern ist wieder viel Bargeld entwendet worden.«

»Klaro. Es passieren immer mehrere Diebstähle an einem Tag und dann ist eine Weile Ruhe«, sagte Sven.

»Stimmt, auch im ›Café Stressless‹ wurden am selben Tag Gäste bestohlen. Das wusste Pierre zu berichten. Und in den drei anderen Restaurants oben neben der Kirche ist auch was weggekommen.«

»Nur bei uns ist noch nichts passiert«, sagte Garco.

Falk sah Garco besorgt an.

»Genau das ist ja das Seltsame. Es gibt bereits alle möglichen Gerüchte, warum in der ›Steaktafel‹ nicht geklaut wird. Pierre hat da so was aufgeschnappt, dass es dann ja ein Angestellter von mir sein könnte. Das habe ich natürlich sofort als völlig absurd abgetan. Wie soll ein Mitarbeiter von mir Gäste bestehlen und gleichzeitig hier arbeiten?«

Sven schaute Garco erschrocken an.

»Wir arbeiten nicht ständig, Herr von Lambert. Wir haben auch mal frei«, warf Garco kleinlaut ein.

»Meine Freunde, für euch lege ich meine Hand ins Feuer«, sagte Falk.

»Wieso soll es jemand von uns gewesen sein? Das verstehe ich nicht.«

»Sven, ich glaube, da hat sich irgendwer irgendwas zusammengereimt, was nicht zusammengehört. Zum Beispiel der Chef im Restaurant neben Pierre, ich vergess den Namen immer. Auf jeden Fall, der hat oft so komische Ideen, dass irgendjemand ihm sein Geschäft kaputtmachen will, obwohl alle hier im Viertel ihm wohlgesonnen sind. Aber wenn so ein Gerücht erst mal im Umlauf ist. Ihr wisst ja, wie das ist.«

»Dem sag ich die Meinung, darauf können Sie sich verlassen«, brauste Sven auf.

»Das lässt du schön bleiben.«

Einen Augenblick lang schwiegen alle.

»Pierre vom ›Chez Jacques‹ hat mich glatt vorhin gefragt, ob mein Restaurant nicht gut läuft. Dabei kann ich wirklich nicht klagen, die Umsätze sind fantastisch.«

»Wir sind doch meistens ausgebucht, Herr von Lambert«, sagte Garco.

»Das hab ich ihm auch gesagt. Trotzdem, Gerüchte sind nicht gut für den Ruf der ›Steaktafel‹ und schlimmstenfalls bleiben die Gäste aus.« Falk runzelte besorgt die Stirn.

»Der Dieb muss schnell geschnappt werden!«, sagte Garco.

»Wenn ich den in die Finger kriege …«, Sven ballte eine Faust.

Falk warf Sven einen warnenden Blick zu.

»Hoffen wir, dass sich alles bald aufklärt. Es nutzt nichts meine Freunde. It's showtime!«

Das sagte Herr von Lambert jeden Tag, wenn es Zeit war, die Restauranttür zu öffnen.

$\mathcal{A}$ drian schlurfte über den Bürgersteig. Ein paar Tage nach der Premiere fühlte er sich immer noch erschöpft, obwohl er lange geschlafen hatte. So erging es ihm jedes Mal nach der ersten Aufführung eines Stückes. Er hatte sich ein paar Tage freigenommen und gestern bei einem Tête-à-Tête mit seiner Geliebten den Erfolg der Premiere auf seine Art und Weise, gebührend gefeiert. Seine Geliebte, er nannte sie Bella, hatte sich überschwänglich gefreut, ihn zu sehen.

Die Endproben hatten jede Menge Zeit in Anspruch genommen und sie konnten sich nicht sehen. Bella hatte schon oft versucht, ihm einzureden, er müsse endlich ein Smartphone anschaffen. Dann könnte sie ihm wenigstens eine WhatsApp schreiben, wenn sie Sehnsucht nach ihm hätte. Aber er wollte kein Smartphone; bis heute hatte er auch keine E-Mail-Adresse.

Bellas Mann war gestern den ganzen Tag geschäftlich unterwegs und zum Abend hin auf einer Veranstaltung eingeladen, auf der er eine Rede halten sollte. Sie hatten also ausgiebig Zeit füreinander gehabt.

Er wollte kurz bei Marlene vorbeischauen. Lust hatte er nicht, doch sie litt jedes Mal mit ihm, wenn es auf die Erstaufführung zuging, und er wusste, sie brannte darauf, alle Einzelheiten zu erfahren. Sie nahm es ihm bestimmt übel, dass er nicht direkt am Sonntag vorbeigeschaut hatte.

Marlene begrüßte Adrian schon von Weitem: »Sieh an, der Herr Regisseur Gasch. Haste die Premiere überlebt?«

»Ach, Marlenchen, dat war jut, ganz fantastisch.« Er ahmte ihr Berlinerisch nach.

Wie Marlene mit Nachnamen hieß, wusste übrigens niemand; alle nannten sie beim Vornamen, sogar die Kunden, mit denen sie nicht per Du war.

»Dat hab ick doch gesagt.«

»Gewiss, zum Glück hast du wie immer recht behalten.«

Marlene grinste ihn an.

»Ick mach dir mal einen Kaffee, du guckst müde aus der Wäsche.«

»Kaffee nehme ich gern. Die Schauspieler waren wunderbar. Nur ein einziges Mal hat der Hauptdarsteller den Text mit einer Passage aus dem nächsten Akt vertauscht.«

»Nein!«

»Doch. Ich hab vielleicht Schweißausbrüche bekommen, Marlenchen. Aber er hat sich rasch gefangen und ist zum richtigen Text zurückgerudert.«

»Jut. Hat dat Publikum denn nix gemerkt?«

»Nein, nein. Das lernen die Darsteller ja in der Ausbildung. Bei so einem Fauxpas muss man einfach selbstbewusst weiterspielen und so tun, als stünde es genau so im Buch. Dann merkt keiner was.«

»Dat ist ja interessant.«

»Am schlimmsten ist, wenn einer auf der Bühne sagt: ›Oh, da hab ich jetzt den falschen Text erwischt‹.«

Marlene lachte lauthals.

»Dat ist aber noch nicht passiert, oder?«

»Bei mir nicht!«

»Na jut, mir würde das auch nicht passieren.«

Schnell erzählte er weiter, bevor sie ihn erneut auf eine Statistenrolle ansprach.

»Als der Vorhang fiel, gab es minutenlang Applaus. Der Abend war ein voller Erfolg.«

»Dat freut mich wirklich, Adrian.«

Er trank einen Schluck Kaffee.

»Und sonst? Gestern einen schönen Tag gehabt?« Marlene lächelte verschmitzt.

Fast hätte er den Kaffee ausgespuckt. Ihr Gesichtsausdruck sprach Bände. Vor ein paar Wochen, nach einem Wein zu viel in der ›Steaktafel‹, hatte er sich verplappert und von der Liaison mit seiner jetzigen Geliebten erzählt. Marlene hätte genauso gut Kommissarin werden können.

»Woher weißt du das denn schon wieder?«

»Ich weiß nix«, grinste sie.

»Gewiss doch. Wieso vermutest du, dass ich bei meiner Holden war?«, hakte er nach.

»Na jut. Gestern Nachmittag ist ihr Mann aus der ›Steaktafel‹ raus. Ick hab den Eingang vom Lamberts Restaurant ja immer jut im Blick. Also, der ist in sein Auto, als wär der Teufel hinter ihm her und mit Karacho losgebraust.«

»Ja und?«

»Ick dachte nur so bei mir, vielleicht hat er einen

Tipp bekommen und ist schnell nach Hause. Aber wenn alles in Ordnung ist, dann ist ja alles jut. Und wenn es denn schön war ...«, neckte Marlene ihn.

»Marlenchen, du brauchst dir keine Gedanken machen. Wir haben alles im Griff«, antwortete Adrian.

Bei dem Gedanken, Bellas Ehemann könnte sie eines Tages überraschen, wurde ihm anders zumute. Auf Stress und Ärger hatte er wenig Lust. Er wollte nur seinen Spaß haben und auf keinen Fall einem wütenden Ehemann in die Arme laufen. Wie Bella das sah, wusste er nicht. Er ging davon aus, dass auch sie keine ernsten Absichten hegte.

10

*W*eit nach Mitternacht lag Robina hellwach im Bett. Nach dem ereignisreichen Tag konnte sie nicht einschlafen. In ihrem Kopf kreisten zu viele Gedanken und zu viele Sorgen. Zweimal stand sie auf und trank einen Beruhigungstee, der sie mit seiner Wirkung heute aber im Stich ließ. In ihrer Dachgeschosswohnung fühlte sie sich normalerweise gut aufgehoben – heute nicht. Ständig meinte sie, beunruhigende Geräusche zu hören, die sie sich aber nur einbildete.

In ähnlichen Situationen war sie zu der Erkenntnis gelangt, dass die meisten Geräusche, die man nachts hörte, von einem selbst stammten. In der Stille der Nacht, mit überspannten Nerven, nahm man ein Rascheln der Bettdecke oder ein Knistern bedrohlicher wahr, als es in Wirklichkeit war.

Solche Ängste waren irrational und nicht einfach mit Verstand zu besiegen. Robina hatte manchmal Angst, wenn sie abends spät nach Hause kam, dass jemand in ihrer Wohnung sein könnte. Bei ihr war noch nie eingebrochen worden, und die Möglichkeit, mitten in der Nacht einen Einbrecher zu überraschen, hielt sie realistisch betrachtet für sehr unwahrscheinlich. Dennoch erlaubte sie sich an solchen Abenden einen Gang durch ihre Wohnung. Sie kontrollierte dann jedes Zimmer und sah auch hinter den Türen nach. Wenn alles in Ordnung war, ging sie beruhigt schlafen. Heute half der Gang durch alle Räume nicht.

Den Brief, den sie aus Herrn Konings Jackett entwendet hatte, spukte ihr im Kopf herum. Es führte allerdings zu nichts, länger darüber nachzudenken. Heute löse ich das Geheimnis nicht mehr, dachte sie. Ich beschäftige mich morgen weiter damit. Irgendwann sank sie in einen unruhigen Schlaf.

Ihr Unterbewusstsein kam nicht zur Ruhe und arbeitete auf Hochtouren. Sie träumte von einem gruseligen Ort. In einer verlassenen Kapelle kniete sie auf dem Boden. Ihre Hände waren auf dem Rücken gefesselt. Robina hörte das Krächzen von Krähen, die vor der Kapelle kreisten. Der Vollmond schien durch runde Fenster, mit zerbrochenen Scheiben. Ein Mönch stand am Altar mit dem Rücken zu ihr. Er murmelte lateinische Wörter. Sie konnte sich nicht bewegen. Ihr Körper gehorchte ihr nicht. Panisch dachte sie: Ich bin gelähmt. Von den Wänden starrten sie Augen vorwurfsvoll an. Ihr Herz raste. Der Mönch drehte sich um. Er hatte die Kapuze tief ins Gesicht gezogen. In der Hand hielt der Mönch ein großes schwarzes Kreuz und hob es zum Himmel empor. »Robina Hood ...«

In dem Moment wachte sie schweißgebadet auf und saß senkrecht im Bett. Zum Glück schienen die ersten Sonnenstrahlen am Morgen in ihr Schlafzimmer. Zum Aufstehen war es viel zu früh, aber sie brauchte dringend eine ausgiebige Dusche.

Mit einer Tasse Kaffee saß sie auf ihrem Balkon. Ihre Gedanken wanderten sofort wieder zu dem Brief von

Herrn Koning. Sie las ihn noch einmal. Er war handschriftlich von einer bekannten Politikerin verfasst. Womöglich hatte sie ihn bei einem Treffen Herrn Koning gegeben. Auf jeden Fall gab es keine Frankierung auf dem Umschlag. Sie holte ihren Laptop und schaute im Internet nach. Es dauerte nicht lange, bis sie mehrere öffentliche Dokumente fand, auf denen sich die Unterschrift von Frau Schuffenhauser befand. Eines davon druckte sie aus und verglich die Buchstaben. Sie war keine Grafologin, erkannte aber eindeutig, dass die Schriftzüge identisch waren. Den Brief hatte die Politikerin persönlich geschrieben. Wenn ich den an die Presse gebe ...

Darüber dachte sie am besten gar nicht länger nach. Das würde nur Unruhe in ihr Leben bringen. Außerdem musste sie gleich los. Zu allem Übel hatte sie heute einen Termin beim Amt.

11

S eit drei Stunden saß Gero im Auto und beobachtete das Haus in Glanfeld. Offiziell war der Ort
eine Kleinstadt. Für ihn traf der Begriff ›Nest‹ es allerdings treffender. Er hatte bewusst nicht seinen eigenen
Wagen genommen, da er befürchtete, damit zu sehr
aufzufallen. Stattdessen war er mit dem Kleinwagen
seiner Frau gefahren, was er mittlerweile bereute. Der
Komfort in diesem Auto ließ doch sehr zu wünschen
übrig.

In der vergangenen Nacht hatte Gero kaum ein Auge
zugemacht. Seine Frau und er hatten schon länger ge-
trennte Schlafzimmer. Gestern hatte er ausnahmsweise
den Fernseher angestellt, den er in sein Schlafzimmer
hatte einbauen lassen, aber kaum nutzte. Dem Inhalt
des ohnehin nicht sehr geistreichen Fernsehprogramms
hatte er allerdings nicht folgen können. Seine Gedanken
bewegten sich immer wieder zu der Begegnung mit der
attraktiven schwarzhaarigen Frau namens Robina Hood.
Ihren Blazer hatte er sorgfältig untersucht, aber außer
der Jahreskarte für das Kunstmuseum in Berfurt nichts
gefunden. Große Sorgen machte Gero allerdings der
Brief, den die Unbekannte aus seinem Jackett gefischt

hatte. Wenn der Brief in die falschen Hände gelangte, hätte das fatale Folgen für Geros Unternehmen.

Nach Abwägung zahlreicher Möglichkeiten war Gero zu dem Entschluss gekommen, zur Wohnung der Frau zu fahren. Die Polizei wollte er nicht einschalten, die würde womöglich den Brief genauer unter die Lupe nehmen und irgendjemanden gab es immer, der gerade Geld brauchte und der Presse Informationen zuspielte. Das Risiko wollte er nicht eingehen.

Alle geschäftlichen Termine für heute Morgen hatte seine Sekretärin für ihn abgesagt. Den Termin mit einem Großhändler aus Italien musste er unbedingt schnell nachholen.

Sein Plan endete allerdings vor der Haustür der Fremden. Sollte er einfach klingeln und nach dem Brief fragen? Das könnte er tun, aber irgendetwas hielt ihn davon ab. Gero fragte sich immer wieder, was die Fremde in seinem Jackett gesucht hatte. Wollte sie wissen, wer ich bin, weil ich sie angesehen habe im Restaurant? Sollte das Ganze eine zaghafte Interessenbekundung sein? War sie vielleicht zu schüchtern, um mich anzusprechen oder mit mir zu flirten? Aber reicht das als Motivation, ein fremdes Jackett zu durchwühlen? Oder wollte sie mich schlicht und einfach beklauen und war eigentlich auf der Suche nach meinem Portemonnaie, als ich sie überrascht habe?

All diese Fragen gingen Gero immer wieder durch den Kopf, während er im Auto wartete. Er war sich auch nicht im Klaren darüber, wie er vorgehen sollte, falls die Diebin seines Briefes aus der Haustür treten würde. Entgegen seiner sonstigen Lebensweise hatte Gero

ausnahmsweise keinen Plan und fühlte sich orientie-
rungslos.

Und das, obwohl ich Navigationsgeräte produziere,
dachte Gero und musste schmunzeln.

Die Target AG, die er gegründet hatte, entwickelte
das erste Autonavi und brachte es auf den europäischen
Markt. Anfang der Zweitausenderjahre produzierte sie
dann ebenfalls als erste Firma Navis im Outdoor-Bereich.
Die Idee hatte Gero im Urlaub. Er hatte sich auf einer
Radtour verfahren und musste bei Einbruch der Dun-
kelheit an einer Pausenhütte für Wanderer mitten im
Wald übernachten.

Damals dachte Gero, er würde auf den nächsten Ort
zufahren, aber er hatte komplett die Orientierung verloren. Das sollte ihm nicht noch einmal passieren und
auch anderen nicht. Kurz vor seiner Radtour hatte er in
der Zeitung gelesen, dass das US-amerikanische Vertei-
digungsministerium die künstliche Signalverschlechte-
rung für zivile Nutzer abgeschaltet hatte. Einer genauen
Positionsbestimmung durch das globale Navigations-
satellitensystem stand somit nichts mehr im Weg. Nach
der Nacht im Wald ließ er das erste Navigationsgerät für
Fahrräder entwickeln und ging ein Jahr später damit auf
den Markt.

Gero starrte wieder zum Hauseingang. In diesem
Haus schienen nur Langschläfer zu wohnen. Auf jeden
Fall hatte er bislang noch niemanden herauskommen
sehen. Noch länger zu warten, ergibt keinen Sinn, dachte Gero.

Doch in diesem Moment öffnete sich die Haustür.
Eine Frau mit lockigen roten Haaren kam heraus. Mist,
das ist sie nicht. Obwohl die Größe und die Figur ihn an

die Schwarzhaarige aus der ›Steaktafel‹ erinnerten. Die Rothaarige ging in die entgegengesetzte Richtung; ihr Gesicht konnte Gero nicht erkennen. Also wartete er weiter.

12

*R*obina holte das Anschreiben aus der Handtasche, um nachzusehen, in welchem Raum der Termin stattfand. Na toll, oberste Etage, dachte sie. In diesem Amt gab es nicht mal einen Aufzug. Der Brief hatte lange Zeit verschlossen auf ihrer Kommode gelegen, bis sie ihn geöffnet hatte. Zum Glück war der Termin erst Wochen später, sonst hätte sie ihn womöglich verpasst. Es war einer der sinnlosen Routinetermine, die sie vom Jobcenter bekam, um ihre aktuelle berufliche Situation zu besprechen. Für Robina gab es nichts zu besprechen.

Ihre Gedanken schweiften in das Jahr 2008 zurück. Während der Finanz- und Wirtschaftskrise war sie arbeitslos geworden. Sie dachte an die unzähligen Bewerbungen zurück, die sie seitdem geschrieben hatte – alle ohne Erfolg. Es gab nach wie vor zu viele Bewerber auf die wenigen freien Stellen.

Seit einer Stunde saß sie nun vor der Tür der Sachbearbeiterin – trotz Termin. Sie hasste diese Termine. Hinterher fühlte sie sich immer schlecht. Die Arbeitsvermittlerin vermittelte ihr zwar keinen Job, aber stets das Gefühl, selbst schuld an ihrer Situation zu sein. Einmal hatte sie sich erlaubt anzumerken, die Mitarbeiter der Agentur für Arbeit wären ebenfalls arbeitslos, gäbe es keine Arbeitslosen mehr. Diese Bemerkung stieß nicht auf Zustimmung.

Sie hatte die Agentur ›Arbeitslosenverwaltungsamt‹ getauft, das Wort behielt sie aber tunlichst für sich.

Mittlerweile war sie gewappnet. Um sich selbstbewusster zu fühlen, zog sie ihr Businessoutfit an und hochhackige Pumps, in denen sie ein Stück größer wirkte. Sie war zwar einen Meter siebzig groß, aber schaden konnte es trotzdem nicht.

Fünfzehn Minuten nach Terminbeginn hatte sie an die Tür der Vermittlerin geklopft. Doch bevor sie eintreten konnte, hörte sie von drinnen den Befehl: »Warten Sie!«

Da hätte ich ruhig länger bei Merle bleiben können! Auf dem Weg hierher war sie rasch in Christas Wohnung vorbeigegangen, um die Katze zu füttern. Merle schmuste und spielte gern nach dem Fressen eine Weile mit Robina, wenn ihr Frauchen nicht zu Hause war. Leider war sie heute Morgen spät dran gewesen. Umso ärgerlicher, dass sie hier ihre Zeit verwartete.

Robina faltete das Anschreiben des Jobcenters auseinander und las den letzten Absatz: *Sollten Sie den vorgeschlagenen Termin ohne Mitteilung eines wichtigen Grundes nicht wahrnehmen, können Sie die Dienstleistungen des Jobcenters nicht weiter in Anspruch nehmen.*

Welche Dienstleistung, dachte sie. Im letzten Absatz stand der übliche Hinweis auf eine eventuelle Kürzung ihrer Bezüge.

Frau Schulze frühstückte entweder sehr lange oder war vielleicht sogar eingeschlafen. In der letzten Stunde war niemand aus dem Büro rein- oder rausgegangen.

Doch jetzt öffnete sich tatsächlich die Tür. Frau

Schulze, mit Kaffeetasse in der Hand, kam heraus und ging den Flur hinunter. Robina sah ihr genervt hinterher. Warten hasste sie und es machte sie zunehmend nervös. Schon zwei Mal hatte sie ihren Finger nur in letzter Sekunde stoppen können, bevor sie sich durch ein Auge rieb. Verschmierter Kajal – das fehlt mir gerade noch! Nach zehn Minuten kam die Vermittlerin zurück und nickte ihr kurz zu, was wohl so viel hieß wie: mitkommen!

Im Büro blieb sie vor dem Schreibtisch der Frau stehen, die bereits Platz genommen hatte. Übertrieben freundlich reichte Robina der Vermittlerin die Hand.

»Guten Tag, Frau Schulze.«

Die schaute sie irritiert an. Dann nahm sie wenig engagiert Robinas Hand entgegen.

»Haben Sie das Formular dabei, auf dem Sie Ihre Bewerbungen nachweisen müssen?«

Sie reichte ihr die Liste, auf der sie alle Bewerbungen eingetragen hatte.

Frau Schulze warf kurz einen Blick darauf und legte sie in ihre Akte.

»Haben Sie probiert eine Arbeitsstelle in einer anderen Stadt zu finden?«

»Ja. Das steht alles in meiner Bewerbungsliste.«

»Sie wissen doch, dass Sie deutschlandweit nach einer Stelle suchen müssen?«

»In der Liste finden Sie potenzielle Arbeitgeber in Hamburg, Kiel, Düsseldorf und in ein paar anderen Städten. Die habe ich alle angeschrieben.«

Mit prüfendem Blick nahm Frau Schulze die Seiten erneut zur Hand. Danach sah sie angestrengt auf ihren Computerbildschirm.

»Warum haben Sie eigentlich einen englischen Nachnamen?«

»Mein Vater war Engländer.«

»Und Ihre Mutter?«

»Deutsche.«

Die Frage nach ihrem Namen brachte Robina kurz aus der Fassung, sie verstand den Sinn nicht.

»Warum? Ist das wichtig?«

»Ach, nur so. Das ist nicht wichtig.«

Sie traute Frau Schulze nicht. Hier musste man bei jedem Wort aufpassen. Außerdem hatte die Vermittlerin, bei der sie damals ihren ersten Termin im Jobcenter hatte, ihr die Frage auch schon gestellt.

»Ich hatte Ihnen ein Jobangebot zukommen lassen, von der Spedition Müller & Sohn. Haben Sie sich dort beworben?«

»Ja, natürlich. Morgen habe ich dort ein Vorstellungsgespräch.«

Frau Schulze nickte nur.

»Frau Hood, wir haben da weiterhin das Problem mit Ihrer Wohnung, die ist immer noch zu groß.«

»Groß ist relativ.«

»Wovon wollen Sie denn den Teil der Miete auf Dauer bezahlen, den das Jobcenter nicht übernimmt?«

Achtung Fangfrage, schoss es ihr durch den Kopf und sie antwortete mit einem Schulterzucken.

Frau Schulze holte tief Luft: »Sie wissen doch, die Wohnungsgröße muss angemessen sein. Ihre ist zu groß, oder fachlich korrekt ausgedrückt ist die Bruttokaltmiete zu hoch.«

»Wenn ich umziehe, kostet das auch einiges.«

»Wir übernehmen auf jeden Fall einen Teil der

Kosten. Im letzten Termin hatte ich Sie bereits darauf hingewiesen, dass Sie langfristig nicht in der jetzigen Wohnung bleiben können. Jetzt müssen Sie innerhalb von sechs Monaten die Kosten reduzieren, sprich: Sie müssen sich eine kleinere Bleibe suchen. Ich setze ein Schreiben auf, das Sie in den nächsten Tagen per Post erhalten. Wer weiß, vielleicht finden Sie vorher eine neue Stelle.«

Die Vermittlerin versuchte ein Lächeln.

»Wegen der paar Quadratmeter, die meine Wohnung zu groß ist?«

»So lauten die Vorschriften.«

Für Frau Schulze war der Fall damit erledigt.

Auf dem Weg nach draußen kochte Robina innerlich vor Wut. Was die sich einbildet! Wegen der paar Quadratmeter soll ich umziehen, da können die lange warten!

Natürlich bezahlte sie den Teil der Miete, den sie selbst tragen musste, von ihren Streifzügen, doch dafür hätte Frau Schulze wohl kaum Verständnis.

Gern würde sie wieder in ihrem Beruf arbeiten. Bewerbungen in andere Städte zu senden, ergab allerdings keinen Sinn. Zwei Vorstellungsgespräche hatte sie außerhalb von Berfurt gehabt, aber die Firmen entschieden sich letztendlich für eine Bewerberin, die um die Ecke wohnte.

Den Rest des Tages wollte sie in der Sauna verbringen und sich eine Massage gönnen. Beides finanziert durch ihre Streifzüge, von denen niemand wissen durfte. Sie würde achtgeben, dass ihr nicht wieder Bekannte über den Weg liefen wie beim letzten Mal. Die beiden hatten einen Tag Urlaub gehabt und Robina ausgefragt, wie sie sich die teure Sauna leisten könnte. Ihr war es gelungen, sich herauszureden. Sie würde eine Weile dafür sparen und sie müsste schließlich auch mal raus. Manchmal war es nicht einfach, ein Leben am Rande der Legalität zu führen.

13

$\mathcal{I}$n der ›Steaktafel‹ räumte Falk von Lambert sein Büro auf. Das Steak, das er gestern Abend nicht angerührt hatte, stand noch auf dem Schreibtisch. Er öffnete beide Fenster, damit der Fleischgeruch hinausziehen und er bald mit seiner Arbeit beginnen konnte.

Vorher brauchte er einen starken Kaffee. Bald kam das Personal und dann trudelten die ersten Gäste ein. Er saß vorher gern an seinem Lieblingstisch, genoss die Stille und las die Tageszeitung. Drei Seiten schaffte er, dann kam der Oberkellner herein.

Falk stand auf und begrüßte ihn per Handschlag: »Hallo, Garco. Schön, dass du da bist.«

»Guten Tag, Herr von Lambert.« Der Kellner schaute ihn verschmitzt an.

»Stimmt etwas nicht?«

»Nein, nein, alles bestens, Herr von Lambert.«

Garco freute sich jedes Mal, wenn sein Chef ihn auf diese Art und Weise begrüßte. Seine Worte waren keine Floskeln, sondern ehrlich gemeint. Im Fernsehen hatte er vor ein paar Tagen eine Dokumentation gesehen, in der Manager teure Seminare besuchten, um Personalführung zu erlernen. Ein Teil der Veranstaltung bestand darin, den Führungskräften beizubringen, welche Worte sie am geschicktesten zur Motivation der Mitarbeiter anwandten. Er hielt davon nichts – entweder, jemand meinte es ehrlich oder nicht, alles andere wirkte unecht.

»Darf ich fragen, ob Sie einen angenehmen Morgen hatten?«

»Ja, den hatte ich. Gestern habe ich allerdings im ›Chez Jacques‹ vorbeigeschaut. Die Diebstähle im Viertel nehmen immer mehr zu. Und damit nicht genug, jetzt gibt es zu allem Übel auch noch einen Irren, der überall Autos mit Farbe beschmiert.«

»Mit Farbe?«

»Ja. Es soll eine Spezialfarbe sein, die man nur schwer entfernen kann.«

»Oh nein, ist Ihr Cabrio auch betroffen?«

»Bislang nicht.«

»Weiß man denn, wer das gewesen sein könnte?«

»Eine Spur gibt es nicht, aber man munkelt irgendetwas von einem Fahrradfahrer. Jedenfalls war es in einem Fall so, dass ein Autofahrer einem Rad die Vorfahrt genommen hat. Am nächsten Morgen hatte er dann dieses Kreuz auf dem Auto.«

»Was für ein Kreuz?«

»Kreuz ist wohl der falsche Ausdruck, es ist eher ein X. Das scheint das Markenzeichen des Täters zu sein. Er malt oder sprüht mit rot leuchtender Farbe Xe auf die Autos.«

»Meinen Sie der Dieb und der, der die Autos beschmiert, ist ein und derselbe?«

»Die Frage habe ich mir auch schon gestellt. Ich vermute, dass es keinen Zusammenhang gibt. Aber, wer weiß. Ein Gast vom ›Chez Jacques‹ musste auf jeden Fall den kompletten Kotflügel lackieren lassen.«

Sven kam herein und fragte: »Wer hat seinen Kotflügel lackiert?«

»Ein Gast vom ›Chez Jacques‹.«

»Aha.« Sven verschwand rasch in Richtung Küche.

Die beiden sahen sich verwundert an.

»Was ist mit ihm?«, fragte Falk.

»Ich weiß nicht. Vielleicht hat er nur schlechte Laune? Soll ich ihn in der Pause mal fragen?«

Falk nickte.

»It's showtime.«

14

*S*eit Stunden wartete Gero im Auto vor der Tür von Frau Hood. Sein Magen knurrte und er wurde ungeduldig.

Seitdem er viel Geld verdiente, hatte er sich eine Marotte angewöhnt, die ihm mittlerweile oft das Leben schwer machte. So auch jetzt. Er aß nur warmes Essen, am liebsten nur frisch Gekochtes oder Gebratenes. In der Zeit, als er bei seiner Oma aufwuchs, standen oft nur Brote mit Marmelade auf dem Tisch. Wahrscheinlich im Kontrast zu früher, entwickelte er diese Eigenheit. Inzwischen wurde ihm übel, sobald er etwas Kaltes aß. Wenn er so wie jetzt Hunger bekam, aß er lieber nichts. Das bekam ihm auch nicht.

Länger warten konnte er mit knurrendem Magen auf gar keinen Fall. Er ging zur Haustür des Mehrfamilienhauses, in dem Robina Hood wohnte. Ungewöhnlicher Name, dachte Gero. Er hatte recherchiert und ein paar gute Kontakte angerufen. Normalerweise nutzte er sie, um etwas über Bewerber in Erfahrung zu bringen. Bei der Besetzung wichtiger Positionen im Unternehmen ging er kein Risiko ein, sondern sicherte sich nach allen Seiten hin ab. Erst dann unterschrieb er einen Arbeitsvertrag.

Über Frau Hood hatte er nur wenig in Erfahrung gebracht. Bei der Polizei war sie noch nie aufgefallen, es existierte nicht einmal ein Strafzettel für falsches Parken. Er hatte herausgefunden, dass sie seit zwei Jahren arbeitslos war. Wie sie sich wohl die Wohnung hier im beliebten Ortsteil von Glanfeld leisten kann?

Kurzerhand beschloss er, Frau Hood direkt nach dem Brief zu fragen. An der Haustür zögerte er, drückte aber die Klingel. Er hoffte, in ihrem Gesicht erkennen zu können, ob sie den Brief gelesen hatte oder nicht. Er klingelte noch ein paar Mal, aber es öffnete niemand.

Er wollte zum Auto zurückgehen, bemerkte aber, dass die Haustür nicht verschlossen war. Ohne zu überlegen, ging er hinein. Der Anordnung der Klingel nach zu urteilten, wohnte sie im Dachgeschoss.

Tatsächlich: Oben angekommen las er an der Wohnungstür: *Robina Hood*. Und nun? Er horchte an der Tür, hörte aber nichts. Noch einmal zu klingeln, ergibt keinen Sinn, dachte er. Die Tatsache, dass der Brief in der Wohnung sein musste, ließ ihm keine Ruhe. Im Film holt jetzt der Held oder der Bösewicht die berühmte Kreditkarte heraus und öffnet wie durch Zauberhand die Tür, schoss es ihm durch den Kopf. Aber seine Kreditkarte lag in der Brieftasche im Auto und er war davon überzeugt, dass sich mit der Methode keine Türen öffnen ließen. Stattdessen schaute er sich um. Im Flur entdeckte er eine Pflanze und hob den schweren Blumentopf ein Stück an. Darunter lag ein Schlüssel.

Wie einfach!

Er schloss die Wohnungstür auf und ging hinein. Eine Zweizimmerwohnung, günstige Möbel, aber geschmackvoll eingerichtet. Lange hielt er sich nicht mit der Wohnungsbesichtigung auf, sondern suchte den Brief. Er verharrte vor einer Wand, an der viele Fotos hingen. Viele Urlaubsmotive, andere mit fröhlichen Feiern hier im Wohnzimmer und eines, auf dem eine Frau Kerzen auf einer Torte auspustete. Dieselbe Frau barfuß, in hochgekrempelter Jeans und T-Shirt am Meer. Schöne Fotos, die ihn aber irritierten, denn er sah die schwarzhaarige Frau, der er in der ›Steaktafel‹ begegnet war, nicht. Eine Rothaarige ohne Brille war auf den Fotos abgebildet. Merkwürdig, dachte er. Ist das nicht ihre Wohnung? Nein, das kann nicht sein, dann würde ihr Name nicht an der Tür stehen.

Er sah sich genauer um und öffnete eine Tür, hinter der er das Schlafzimmer vermutete, betrat aber ein Atelier. Bilder lehnten an der Wand, eines stand auf der Staffelei. Überrascht betrachtete er ein paar davon eingehender. Nicht schlecht, dachte er. Aber ich bin nicht hier, um Bilder anzusehen.

Als Nächstes öffnete er im Wohnzimmer einen Schrank, in dem er nur Geschirr und Tischdecken fand. In der unteren Schublade einer Kommode entdeckte er zwar nicht den Brief, dafür aber eine schwarzhaarige Perücke und eine Brille. Warum verkleidet sie sich? Er öffnete eine Holzschachtel, in der Geldscheine lagen – eine Menge Scheine!

Plötzlich hörte er Schritte im Hausflur nähern. Er huschte durch den Flur und versteckte sich im Badezimmer. Die Wohnungstür öffnete sich. Er lugte durch einen Spalt in der Badezimmertür.

Sie stapfte bepackt mit Einkaufstüten durch den Flur in Richtung Küche. Vorsichtig schlich er zur Wohnungstür, die noch offen stand.

Im Auto überschlugen sich seine Gedanken. Arbeitet sie als Prostituierte? Vielleicht war meine Begegnung mit ihr gar kein Zufall. Oder es steckt viel mehr dahinter, als ich ahne. Spioniert sie mich aus? Womöglich eine Privatdetektivin, die ein Konkurrent auf mich angesetzt hat? Oder eine Journalistin? Das wäre bei Weitem noch schlimmer!

15

Robina stellte die Einkäufe in der Küche auf den Tisch, ging zurück in den Flur und schloss die Wohnungstür ab. Die Lebensmittel verstaute sie im Kühlschrank. Sie bereitete einen Cappuccino zu und ging damit ins Wohnzimmer. Beinahe wäre ihr die Tasse aus der Hand gefallen. Wie gelähmt blieb sie stehen und starrte die unterste Schublade ihrer Kommode an – sie stand offen.

Sie war sich sicher, dass sie die Schublade nicht offen gelassen hatte. Nach ihrem letzten Streifzug hatte sie das Geld in die Holzschachtel gelegt und seitdem nichts mehr herausgenommen. Ein ungutes Gefühl breitete sich in ihrer Magengegend aus. Der Deckel lag schief auf der Schachtel. Schnell zählte sie das Geld; zum Glück fehlte nichts.

Sie untersuchte die Wohnungstür und den Rahmen nach Einbruchsspuren, fand aber keine. Sonderbar, dachte sie. In dem Moment klingelte das Telefon.

»Ja.«

»Robina, bist du es?«, fragte Christa.

»Ja. Du, entschuldige, ich bin gerade neben der Spur.«

»Was ist denn los?«

»Bei mir ist eingebrochen worden!«

»Was? Ist dir was passiert?«

»Nein, mach dir keine Sorgen. Ich war nicht da.«

»Hast du schon die Polizei gerufen?«

»Was? Nein. Keine Polizei.«

»Was ist denn gestohlen worden?«

»Nichts!«

Sie erzählte Christa von der Begegnung mit dem Kafka-Leser in der ›Steaktafel‹.

»Ich schätze, dass er das war, weil er den Brief gesucht hat. Ein normaler Einbrecher hätte doch das Geld mitgenommen!«

»Robina, dich kann man wirklich nicht alleine lassen. Nun, wenn er in deiner Wohnung war, wie ist er denn hereingekommen?«

»Das frage ich mich auch. Warte mal, da fällt mir was ein. Ich nehm dich kurz mit in den Flur. Moment. Der Schlüssel ist weg!«

»Was für ein Schlüssel?«.

»Der liegt immer unter dem Blumentopf. Sag bitte nichts! Ich weiß, wie blöd das ist. Aber ich hab zwei Mal ein Vermögen für den Schlüsseldienst bezahlt.«

»Du kannst doch bei mir einen Schlüssel hinterlegen, Robina.«

»Danke, das mache ich. Sag mal, bist du schon im Schwarzwald angekommen?«

»Ja, ich bin zeitig losgefahren. Ich wollte dich fragen, ob du noch länger auf Merle aufpassen kannst? Aber wenn es dir jetzt nicht so passt …«.

»Quatsch! Ich mach das gern. Das weißt du doch.«

»Danke. Weißt du, meiner Freundin geht es nicht gut. Ich möchte gern bis nächste Woche bei ihr bleiben.«

»Kein Problem.«

»Schön. Dann erhol dich erst mal von dem Schrecken. Bei der Sache mit dem Geschäftsmann hab ich kein gutes Gefühl. Pass bitte auf dich auf.«

»Ich bin doch schon groß.«

»Ja, manchmal.« Christa lachte.

Nach dem Telefonat kontrollierte sie mehrmals, ob die Wohnungstür verschlossen war und lief wie ein aufgescheuchtes Reh durch alle Räume. Der Schlüssel ist weg, dachte sie, also ist die offene Schublade kein Zufall.

Erst jetzt fiel ihr ein, dass sie sofort nachsehen musste, ob der Brief der Politikerin noch da war. Sie riss einen Ordner aus dem Regal, blätterte hastig das Papier stapelweise um, Register Bewerbungen, Register Steuer, Register …

Erleichtert atmete sie aus. Da lag er. Sie hatte gestern Abend über ein passendes Versteck nachgedacht und war zu dem Ergebnis gekommen, dass der Brief abgeheftet in einem Ordner nicht auffallen würde. Ihre Intuition hatte sie nicht getäuscht. Gestern dachte sie noch, es wäre übertrieben, den Brief zu verstecken …

Erneut ärgerte sie sich über sich selbst. Wieso hatte sie bloß ihre Jahreskarte im Blazer gelassen? Wie naiv von ihr, den Schlüssel unter dem Blumentopf zu deponieren? Und warum hatte sie nicht die Finger von Herrn Konings Jackett gelassen? Sie wusste es nicht.

Immer, wenn es ihr schlecht ging, warteten ihre

Farben auf sie. Was für ein Tag! Erst der Termin beim Amt. Vielleicht müsste sie aus ihrer Wohnung ausziehen und dann der Einbruch.

Ihr Atelier war eher eine Abstellkammer, aber mit einem großen Fenster. Ab und zu malte sie im Wohnzimmer. Danach war es aber schwierig, den Geruch der Farben wieder herauszubekommen.

In der Zeit, in der sie in der Immobilienfirma gearbeitet hatte, hatte sie ein Atelier zusammen mit drei anderen Künstlern. Auf Dauer konnte sie die Miete nicht mehr bezahlen.

Nur ein Jahr hatte sie Arbeitslosengeld I erhalten. Damit war sie gut über die Runden gekommen. Das, was sie nun bekam, reichte für einen vollen Kühlschrank – für mehr nicht. Ihr Leben nach außen gestaltete sie so unauffällig wie möglich, damit niemand auf die Idee kam, dass sie mehr Geld besäße, als es in ihrer Situation sein konnte.

Den Austausch mit den anderen Malern im Gemeinschaftsatelier vermisste sie sehr. Die Kontakte waren nach und nach eingeschlafen.

In der ersten Zeit ohne Job hatte sie es genossen, ausgiebig Zeit zum Malen zu haben. Manchmal verbrachte sie Tag und Nacht damit. Doch irgendwann hatte sie sich die teuren Farben nicht mehr leisten können. Eine frustrierende Erfahrung. Sie hatte genügend Zeit und Energie für ihre Künstlerkarriere, konnte sich aber das Material dafür nicht mehr leisten. Dann war sie durch ein zufälliges Ereignis beim Shoppen auf die Idee mit den Streifzügen gekommen. Seitdem brauchte sie sich keine Sorgen mehr um die Finanzierung ihrer Malutensilien zu machen.

Am liebsten malte sie abstrakt. Die Bilder entstanden aus ihrer Fantasie heraus. Aber heute wollte sie etwas anderes malen. Im Fernsehen hatte sie einen Bericht über Feuerland gesehen und war beeindruckt von den Farben der Landschaft. Eine Hügelkette war ihr besonders im Gedächtnis geblieben.

Mit jedem Pinselstrich entspannte sie sich mehr und mehr. Die zwei Gläser Rotwein, die sie nebenbei trank, taten ihr Übriges.

Dennoch wälzte sie sich im Bett hin und her. In einem Moment meinte sie, ein Geräusch an der Wohnungstür zu hören und im nächsten war ihr, als knarrten die Dielen im Flur. Sie starrte zur offenen Schlafzimmertür, sah aber niemanden. Mehrfach stand sie auf, bis sie schließlich in einen unruhigen Schlaf sank.

Am Morgen wachte sie wie gerädert auf. Immer noch erschrocken über die gestrigen Ereignisse blieb sie lange im Bett sitzen und sah aus dem Dachfenster in den sonnigen Himmel. Eine Parallele zwischen dem verschwundenen Schlüssel und der letzten Nacht erkannte sie leicht. Doch eines war klar: Noch so eine Nacht wollte sie nicht erleben.

Sie sah Handlungsbedarf und griff zum Telefon.

16

*A*m nächsten Tag ging Gero in seinem Büro auf und ab. Seine Gedanken schweiften zum Einbruch in die Wohnung von Frau Hood. Nennt man es Einbruch, wenn ein Schlüssel vor der Tür liegt?, schoss es ihm durch den Kopf. Es gelang ihm nicht, seine Gedanken zu sortieren. Eine Gleichung mit zu vielen Unbekannten. Er hasste Dinge, die nicht in seinem Kontrollbereich lagen. Die aktuellen Ereignisse entzogen sich vollkommen seiner Steuerung.

Was war gestern bloß in mich gefahren? Ein Wohnungseinbruch! Allerdings, wenn ich noch länger im Auto gewartet hätte, wüsste ich nichts von der Perücke und dem Bargeld in der Kommode. Trotz allem hatte sie immer noch den Brief! Vielleicht sollte ich besser einen Privatdetektiv mit der Angelegenheit beauftragen? Nein, dafür ist die Sache zu brisant.

Es klopfte an der Tür und Frau Luft kam mit einer Tasse Kaffee herein.

»Frau Luft, danke für den Kaffee. Es tut mir leid, aber ich muss sofort los.«

Seine Sekretärin sah ihn überrascht an. »Aber gleich ist doch der Termin …«.

»Sagen Sie bitte alles für heute Nachmittag ab.«

**

Heute wollte er unbedingt vorher etwas essen.

In der ›Steaktafel‹ strahlte Falk ihn an. »Mein Freund, heute hast du Glück. Ich habe Zeit, dir kurz Gesellschaft zu leisten.«

»Darauf hatte ich gehofft.«

»Um zwei muss ich allerdings zu einem Termin. Ich lade dich zum Mittagessen ein.«

»Da sage ich nicht Nein.«

Gero bestellte sein Lieblingsgericht und genoss wenig später das vorzügliche Rumpsteak.

»Hervorragend! Wieso du mittags immer nur Salat isst, verstehe ich nicht.«

»Ich brauch mittags etwas Leichtes.«

»Sag mal, kennst du zufällig eine schwarzhaarige Frau, die hier verkehrt.«

Falk grinste ihn an. »Ich kenne viele Schwarzhaarige. Hast du ein paar Details?«

Er beschrieb die Unbekannte, so gut er konnte. »Am Dienstagnachmittag hat sie hier Kaffee getrunken, aber an dem Tag warst du nicht da.«

»Kann es sein, dass an dem Tag ein Herr aus Wien zu Gast war und Garco zur Verzweiflung gebracht hat?«

»Ja, genau! An dem Tag war es.«

»Ich weiß, wen du meinst. Garco hat mir abends von dem unangenehmen Gast erzählt und beiläufig erwähnt, dass die attraktive Geheimnisvolle wieder hier war.«

»Du kennst sie? Ist sie ein Flirt von dir?«

»Leider nein. Sie ist in unregelmäßigen Abständen hier zu Gast. Trinkt jedes Mal Latte macchiato und isst gern Erdbeertorte. Ich bedaure, aber das ist so ziemlich alles, was ich dir über sie berichten kann.«

»Das ist schade. Du weißt nicht zufällig, wo oder was sie arbeitet?«

Falk schüttelte den Kopf. »Ich hab ein paar Mal probiert mit ihr ins Gespräch zu kommen, vergeblich. Sie hat stets freundlich, aber distanziert reagiert.«

»Aber du hast ein Auge auf sie geworfen?«

Verschmitzt grinste Falk ihn an.

»Kann ich gut verstehen«, sagte Gero.

»Lass bloß die Finger von ihr!«

»Ehrensache.« Er trank einen Schluck Wein. »Du wolltest mir noch irgendetwas erzählen, was hier im Viertel los ist?«

»Ach das. Ja, schlimm, schlimm. Im Viertel wird geklaut und irgendjemand beschmiert Autos mit Farbe. So was muss man sich mal vorstellen! Davon erzähle ich dir ein anderes Mal. Mein Termin beginnt gleich.«

»Kein Problem, ich habe auch noch etwas Wichtiges vor ...«

17

*S*ie sind ja rothaarig«, sagte Herr Schramm.

»Ja.«

Er schaute in ihre Bewerbungsunterlagen. »Das sieht man hier auf dem Foto gar nicht.«

»Das ist ein Schwarz-Weiß-Foto.« Robina hätte am liebsten gefragt, ob ihre Haarfarbe für die Einstellung relevant sei, verkniff sich die Bemerkung aber.

Seit einer Stunde war sie im Besprechungsraum der Spedition Müller & Sohn. Ihr gegenüber saßen Herr Schramm, der Abteilungsleiter der Buchhaltung, und ein Mann, der sich nicht vorgestellt hatte, Schramms Assistent augenscheinlich. Bislang hatte er immer nur genickt, wenn sein Vorgesetzter etwas sagte; der benötigte viel Bestätigung.

»Nicht wahr, Hans?«, sagte Herr Schramm erneut.

Erst nachdem Hans ausgiebig genickt hatte, redete er weiter. Und er redete viel. Da saß jemand vom Typ Profilneurose. Nach wenigen Minuten war ihr klar, dass sie in diesem Unternehmen nicht arbeiten wollte – schon gar nicht für Herrn Schramm. Sie empfand das Gespräch als Zeitverschwendung und war enttäuscht, weil sie sich ein bisschen Hoffnungen gemacht hatte, die Stelle könnte vielleicht etwas für sie sein. Obwohl

Buchhaltung überhaupt nicht ihr Ding war. Den Jobvorschlag hatte sie vom Jobcenter erhalten, das nicht darauf achtete, ob es sachlich passen könnte. Sie würde gern wieder im Marketing arbeiten und hatte spekuliert, ob sich nicht in der großen Spedition eventuell nach einiger Zeit die Möglichkeit ergeben könnte, in die Marketingabteilung zu wechseln.

Sachliche Fragen hatte er bislang nicht gestellt, etwa nach ihren Qualifikationen. Sie hatte sich ausführlich vorbereitet auf das Gespräch und umfassend die Homepage der Firma studiert. Die Mühe war umsonst.

Der Abteilungsleiter redete immer noch. Seine Lieblingseinleitung war: ›also, meine Mädels …‹

Robina hörte nicht mehr zu. Typisch Profilneurose, solche Menschen stellten sich immerzu dar, ohne Rücksicht auf andere zu nehmen.

»Also, meine Mädels hier müssen auch ab und an mal Überstunden machen. Damit hätten Sie kein Problem, oder?«

Oh, er hat mich was gefragt, dachte sie. »Nein, natürlich nicht, das ist doch selbstverständlich.«

Zufrieden nickte er. Gerade wollte er zum nächsten Monolog ansetzen, doch Robina hob kurz eine Hand, um seinen Redefluss zu unterbrechen.

»Ja, Frau Hood?«

»Sagen Sie mal, Sie reden immer von ›Ihren Mädels‹. Sind die Mitarbeiterinnen in Ihrer Abteilung alle unter achtzehn?«

Verwirrt sah Herr Schramm zu Hans, dessen Gesichtsausdruck zwischen ›Lachen verkneifen‹ und ›Ernste

Miene aufsetzen‹ schwankte. Der Abteilungsleiter kippelte nervös mit dem Stuhl und lachte gequält. »Nein, nein, das sag ich immer nur so.«

Plötzlich schob er eilig die Unterlagen auf dem Tisch zusammen. Nach der rhetorischen Frage an Hans, ob er noch Fragen habe, verabschiedeten sie Robina. »Wir melden uns dann.«

Den Satz hatte sie schon oft gehört und nach ein paar Tagen kam wieder nur eine Absage. In diesem Fall wäre sie darüber allerdings nicht traurig. Sie war froh, endlich gehen zu können.

Der Termin hatte viel länger gedauert, als geplant. In einer halben Stunde musste sie unbedingt zu Hause sein.

***

In Glanfeld parkte Gero an derselben Stelle wie gestern und beobachtete den Hauseingang. Er musste noch einmal in die Wohnung und den Brief suchen. Also wartete er in der Hoffnung, dass Frau Hood nicht unterwegs war, sondern bald aus dem Haus gehen würde. Doch nach einer Stunde war immer noch niemand herausgekommen, stattdessen hielt ein Kleintransporter vor dem Haus. So ein Mist! Frau Hood hat eine Firma beauftragt, die das Schloss austauscht. Da war sie schneller als ich! Warum hab ich nicht daran gedacht? Er hasste es, wenn andere ihm einen Schritt voraus waren. Der Handwerker klingelte an der Haustür. So leicht komme ich nun nicht mehr in die Wohnung. Hoffentlich habe ich sie nicht durch meinen Einbruch erst auf die

Idee gebracht, dass der Inhalt des Briefes brisant sein könnte. Vielleicht hat sie ihn vorher gar nicht beachtet oder sogar in den Müll geworfen? Die Ungewissheit ertrug er nur schwer.

Auf der Rückfahrt dachte er fieberhaft darüber nach, wie er weiter vorgehen sollte.

***

»Die Rechnung schicken wir Ihnen zu«, sagte der Handwerker.

»Wie viel wird das denn kosten?«, fragte Robina.

»Genau weiß ich das nicht, das machen die in der Buchhaltung.«

»Na, ist auch egal. Mit dem Spezialschloss fühle ich mich gleich viel sicherer. Jetzt schlafe ich bestimmt ruhiger.«

»Heutzutage kann man nicht vorsichtig genug sein.«

»Ja, das stimmt. Ich komme mit nach unten, dann kann ich nach Post sehen.«

»Frau Hood, was geht hier vor?«

Die laute Stimme ihres Vermieters schallte ihnen entgegen. Er hatte sich in der Tür zu seiner Wohnung postiert. Wahrscheinlich hatte er schon auf der Lauer gelegen, seitdem der Transporter vor der Tür stand.

Der fehlt mir gerade noch!, dachte Robina.

Der Handwerker grinste sie an und ergriff die Flucht.

»Schönen Tag noch.«

»Vielen Dank noch mal, dass es so schnell geklappt hat.«

Herr Wehrmeier baute sich – breitbeinig mit den

Händen in den Hüften – vor ihr auf. Er wirkte wie der Wächter eines kostbaren Schatzes. Sie war sich allerdings sicher, dass es in seiner Wohnung nichts wirklich Wertvolles gab. Für teure Anschaffungen war er viel zu geizig.

»Frau Hood, was wollte der Handwerker denn hier? Sie haben doch wohl nicht Ihren Schlüssel verloren?«

»Nein, nein, Herr Wehrmeier. Er ist mir verbogen, der Schlüssel. Gestern hab ich meine Wäsche aus dem Keller geholt, und bei dem Versuch mit dem Wäschekorb in der Hand, die Tür aufzuschließen, ist es passiert. Danach ließ sich die Tür nicht mehr abschließen«, log sie.

»Aber den hätte man bestimmt platthämmern können!«

Wie immer wollte Herr Lehrmeier alles ganz genau wissen. Robina fühlte sich unwohl in ihrer Haut.

»Nein, Herr Wehrmeier, das ging nicht, ein Zacken war abgebrochen.«

»Sie haben beim Einzug zwei Schlüssel von mir bekommen. Wo ist denn der andere?«

»Den kann ich nicht finden.«

Ein derartiges Vergehen löste bei ihm auf der Stelle einen cholerischen Anfall aus.

»Den können Sie nicht mehr finden! Das ist ja wohl die Höhe! Einen Schlüssel legt man doch sorgsam weg. Den legt man doch nicht irgendwo hin, wo man ihn nicht wiederfindet! Was haben Sie sich bloß dabei gedacht? Sind Sie sicher, dass sie ihn nicht verloren haben?«

»Ja. Ich bin mir ganz sicher, dass der andere Schlüssel irgendwo in meiner Wohnung liegt, darauf können Sie sich verlassen. Nur konnte ich ihn gestern nicht finden und ich möchte nicht mit offener Tür schlafen. Ich muss los, Herr Wehrmeier.«

Sie eilte die Stufen zu ihrer Wohnung hinauf.

Der Vermieter schrie ihr hinterher: »Seien Sie froh, dass wir hier nicht so eine Zentralschließanlage haben. Das wäre richtig teuer für Sie geworden!«

In dem Moment, in dem sie ihn im Treppenhaus gesehen hatte, war sie auf einen Anfall gefasst gewesen. Doch das Geschrei von ihm fand sie unerträglich. Leider ließ sie sich von seiner Lautstärke jedes Mal aufs Neue einschüchtern. Passende Antworten fielen ihr erst hinterher ein.

Ich hätte ihn fragen sollen, warum er nichts davon mitbekommt, wenn ein Fremder in meine Wohnung einbricht! Da war er bestimmt wieder im Garten bei seinen dämlichen Kaninchen! Muss der sich so unmöglich verhalten? Bei jeder Gelegenheit gleich losschreien – typischer Fall von Minderwertigkeitskomplex! Beim nächsten Mal schreie ich zurück!

18

Einige Tage nach dem gescheiterten Versuch, erneut in Frau Hoods Wohnung zu gelangen, kehrte Gero nach einem geschäftlichen Termin in die ›Steaktafel‹ ein. Wie erhofft, traf er dort auf Falk. Der Restaurantbesitzer saß an seinem bevorzugten Tisch. Vor ihm lagen Berge von Papieren und Ordnern.

»Dabei lässt du dich bestimmt gern stören?«, fragte Gero.

»Ja, sehr gern kannst du mich ablenken.« Falk räumte ein paar Ordner zur Seite, sodass ein Stück der Tischplatte zum Vorschein kam.

»Wenn ich mich recht entsinne, hast du doch ein Büro?« Gero schaute auf den Papierwust.

»Ja, habe ich. Aber der Tisch hier ist größer, da hab ich mehr Platz, um das Zeug zu sortieren. Montagnachmittags herrscht hier nie viel Betrieb, da kann ich den Steuerkram gut auf dem Tisch ausbreiten.«

»Für mich erledigt das meine Sekretärin.«

Falk verdrehte die Augen. »Heute mal zum Kaffee hier?«

»Ja. Ich brauche einen starken Espresso.«

»Daran soll es nicht liegen, mein Lieber.« Er winkte Garco zu und bestellte zwei Espressi.

»Läuft das Business schlecht?«

»Bitte?« Gero hatte nicht zugehört.

»Ob die Geschäfte nicht gut laufen?«

»Nein, alles bestens.«

»Einen glücklichen Eindruck machst du nicht auf mich.«

»Mir geht da eine Sache im Kopf herum …«

Falk sah ihn durchdringend an und lachte. »Nein? Doch nicht etwa eine Frau? Das wär ja mal was.«

»Was du gleich wieder denkst. Außerdem bin ich verheiratet, wie du weißt.«

Auf den ironischen Gesichtsausdruck seines Freundes ging Gero nicht ein. Beide wussten, dass es um seine Ehe nicht gut stand.

»Also? Über was grübelst du, wenn es keine Frau ist?,« fragte Falk.

»Es ist eine Frau, aber nicht so, wie du meinst.«

»Das hört sich eher kompliziert an. Geht es um die Schwarzhaarige, nach der du mich gefragt hast?«

»Nein, nicht direkt.« Er zögerte einen Moment, »um eine Rothaarige.«

Beide schwiegen und tranken einen Schluck Espresso.

»Sagen wir es mal so, ich würde gern etwas von ihr wissen und weiß nicht, wie ich es herausfinden kann.«

»Du weißt nicht, wie sie heißt?«

»Doch, wie sie heißt, weiß ich.«

»Na, dann frag sie.«

»Das geht eben nicht.«

»Du sprichst heute in Rätseln, mein Freund.«

»Es ist verzwickt. Lass uns über etwas anderes reden. Ist bei dir nichts Spannendes passiert?«

»Doch, doch. Adrian war gestern Abend hier. Wir haben ein wenig Wein getrunken.«

»Du und der Regisseur ein wenig Wein! Du untertreibst bestimmt maßlos.«

Falk schmunzelte.

»Ihr philosophiert doch stundenlang über Theater und Tanz.«

»Gestern hat er erzählt, wie in der Abendvorstellung einem Schauspieler die Perücke vom Kopf gerutscht ist. In der traurigsten Szene im Stück. Das Publikum konnte sich vor Lachen nicht halten. Die Vorstellung war dahin. Stell dir das mal vor: Gelächter in einer Tragödie.«

»Da war der arme Adrian wohl sehr betrübt. So ein Misserfolg, mit ihm als Regisseur.«

»Nein, nein, es war nicht das Stück, bei dem er Regie führt. Er sieht sich grundsätzlich jede Premiere im Theater an. Schuld hatte eine Maskenbildnerin, die Lena, die kennst du doch auch, oder?«

»Die mit den langen blonden Haaren, die oft einen Hut trägt?«

Falk nickte.

»Ja, die kenne ich. Sie hat vor drei Jahren eine Ausbildung bei mir angefangen, wollte dann aber Maskenbildnerin werden.«

»Genau die. Sie ist frisch verliebt und nicht so konzentriert bei der Sache. Wenn du weißt, was ich meine? Da hat sie ein paar Klammern vergessen und zack, flog die Perücke weg.«

»Das hätte ich gern gesehen.«

»Der Schauspieler, dem das passiert ist, hat eine Glatze. Dadurch war der Kontrast besonders groß zu der

Allonge-Perücke. Du weißt schon die, die sie im Barock getragen haben, mit so langen Locken. Mit Perücke sieht jeder gleich vollkommen anders aus. Man kennt das ja aus dem Karneval. Da erkennt man Leute gar nicht wieder, wenn …«

»Das ist es!«

Falk sah ihn erstaunt an.

»Du, entschuldige mich. Ich muss dringend was erledigen.«

»Aber ich wollte dir doch noch erzählen, dass hier im Viertel …«

Doch Gero lief bereits zum Ausgang.

19

Ein Anruf bei Lena hatte genügt. Am nächsten Morgen saß Gero im Berfurter Theater in der Maske. Um diese Zeit war noch kein Betrieb. Der Maskenraum sah aus wie eine Mischung aus Friseursalon und Puppenstube für Erwachsene. Sie hatte ihm mittlerweile gefühlt einen halben Meter Schminke ins Gesicht gepappt; darüber hinaus trug er eine blonde Perücke auf dem Kopf. Im Spiegel erkannte er sich kaum wieder.

»Den Teint hab ich den hellen Haaren angepasst«, erklärte Lena. Geschickt prüfte sie mit beiden Händen, ob die Perücke perfekt saß. »So, jetzt vielleicht noch einen Bart? Dann erkennt Sie niemand mehr.«

»Bärte mag ich nicht. Aber gut, einverstanden.« Je weniger man von meinem Gesicht erkennt, desto besser, dachte er.

Sie klebte ihm einen Schnäuzer auf die Oberlippe. Dann kramte sie in einer Schachtel im Regal herum. Mit einer dezenten Brille kam sie zurück und setzte sie ihm auf. Die Maskenbildnerin stellte sich hinter ihn und betrachtete ihr Meisterwerk prüfend im Spiegel.

»Was meinen Sie, Herr Koning?«

»Perfekt.« Er grinste sein Spiegelbild an. »Der da hat keine Ähnlichkeit mehr mit mir!«

»Finde ich auch. Ich wünsche Ihnen viel Erfolg beim Undercover-Einsatz.«

Er hatte ihr erzählt, er wollte für einen befreundeten Unternehmer, mit dem er Tennis spielte, einen Test in einer seiner Bäckereifilialen durchführen. Es gab viele Beschwerden von Stammkunden, dass sie unfreundlich bedient würden. Nach dem Training trank er oft mit seinem Tennispartner in der Filiale Kaffee und konnte deshalb nicht unerkannt dort testen. Lena hatte die Geschichte geglaubt und sofort zugesagt, ihm zu helfen.

Auf dem Weg zum Ausgang verlief er sich. Das Theater befand sich in einem Altbau, den man nach und nach erweitert hatte. In den verwinkelten Gängen bog er falsch ab. Es gelang ihm nicht, den richtigen Weg wiederzufinden. Auf einem langen Flur kam ihm Adrian Gasch entgegen. Der fehlt mir gerade noch, dachte er. Eine Sekunde später fiel ihm ein, dass der Regisseur ihn in der Verkleidung wahrscheinlich nicht erkannte. Das musste er sofort ausprobieren.

»Moin, wo geit dat denn hier nach buten?«

»Sie meinen, wie Sie zum Ausgang kommen?«, fragte Adrian.

Gero nickte.

»Sie sind schon fast draußen, nur noch hier links um die Ecke und dann geradeaus.«

»Dank ok.«

Mit einem breiten Grinsen im Gesicht fand er den Weg nach draußen.

Er musste herausfinden, warum Frau Hood seinen Brief geklaut hatte. Er dachte erneut darüber nach, ob sie eine Journalistin sein könnte, die von dem Deal mit der Politikerin erfahren hatte. Das bekomme ich bald heraus – sehr bald!

***

In der Berfurter Bahnhofstoilette stand Robina am Waschbecken und starrte ihr Spiegelbild an. Da waren sie wieder – ihre Zweifel. Sie fragte sich, ob es klug war nach so kurzer Zeit wieder auf Streifzug zu gehen. Normalerweise ließ sie mindestens vierzehn Tage verstreichen, bevor sie erneut loszog. Die Begegnung mit dem Kafka-Leser in der ›Steaktafel‹ lag gerade mal eine Woche zurück. Zusammen mit den Zweifeln schielte ihr schlechtes Gewissen um die Ecke.

Zu Hause fiel ihr im Moment die Decke auf den Kopf und mehr denn je brauchte sie den Adrenalinschub. Sie hatte kurz überlegt, in eine andere Stadt zu fahren. Aber dann müsste sie einen längeren Anfahrtsweg in Kauf nehmen, und wenn es spät werden würde, eine Übernachtung buchen, das wollte sie nicht. In ihrem Revier in Berfurt kannte sie sich bestens aus, und die teuren Cafés und Restaurants zogen sie magisch an.

Zu allem Unglück hatte ihre Verwandlung heute nicht die gleiche Wirkung wie sonst. Sie wurde ein Gefühl von Unsicherheit nicht los. Vielleicht sollte ich besser in den nächsten Zug steigen und zurück nach Glanfeld fahren.

Ach, wird schon gut gehen!

Sie ignorierte ihr Bauchgefühl. Zuerst wollte sie in das neu eröffnete Sushi-Restaurant, dort herrschte um die Mittagszeit Hochbetrieb.

20

*A*uf dem Weg zum Parkplatz, in der Nähe des Theaters, kam Marlene ihm entgegen. Er hatte sich noch nicht an die Maskerade gewöhnt und wollte sie gerade grüßen, doch in letzter Sekunde fiel ihm ein, dass sie ihn nicht erkennen konnte.

Er wollte Frau Hood vor ihrer Wohnung auflauern und sich an ihre Fersen heften, um irgendetwas über sie in Erfahrung zu bringen. Als er ans Auto kam, traute er seinen Augen nicht – da war sie! Schwarze Perücke, schicker blauer Hosenanzug. Sie ging auf der anderen Straßenseite entlang.

Umso besser, dachte er, dann kann ich mir die Warterei im Auto sparen. Er nahm sofort die Fährte auf. Unauffällig folgte er ihr und achtete auf genügend Abstand und darauf, sie trotzdem nicht aus den Augen zu verlieren.

Sie kehrte ein ins neu eröffnete Sushi-Restaurant. Er wartete zwei Minuten, bevor er ihr folgte. Sie saß an einem Tisch am Fenster, von dem aus sie alles gut überblicken konnte. Er zögerte einen Moment und setzte sich auf einen Hocker an der Theke.

Seinen Espresso bezahlte er sofort. Er wollte bereit sein, falls sie nicht lange bliebe.

Doch nach einiger Zeit servierte ihr der Kellner einen Teller Sushi und eine Flasche Wasser.

Eine Verabredung schien sie nicht zu haben. Was macht sie dann hier? Essen, das sah er. Nur konnte sie sich das nach seinen Informationen nicht leisten. Er hatte Erkundigungen bei seiner Hausbank eingeholt; auf ihrem Konto sah es nicht gut aus. Zahlungseingänge gab es nur vom Amt. Das sprach allerdings gegen die Theorie, dass sie eine Journalistin sein könnte. Nur, woher kommt das Geld in ihrer Kommode?

Frau Hood aß genüsslich Sushi, sonst passierte nichts. Er sah lediglich, dass sie einige Gäste beobachtete. Das tat er auch, wenn er alleine im Restaurant speiste. Einen Gast in einem grauen Anzug, der bezahlte, beäugte sie eingehend.

Vielleicht kennt sie ihn? Ob das wirklich Sinn ergibt, was ich hier mache, fragte er sich. Wahrscheinlich isst sie einfach nur gern Sushi. Punkt. Doch ihm fiel auf, dass sie den Mann, der jetzt Richtung Toilette ging, interessiert fixierte. Nach einer Weile stand sie auf und eilte hinterher.

Das ist bestimmt Zufall. Soll ich ihr nachgehen? Wenn schon undercover, dann richtig!

Sie bog links zu den Toiletten ab. Er blieb stehen und lugte um die Ecke. Der Mann im grauen Anzug kam Frau Hood aus der Herrentoilette entgegen. Dann ging alles sehr schnell. Kurz vor ihm knickte sie mit einem ihrer Stöckelschuhe um und hielt sich am Ellenbogen des Herrn fest. Der lächelte gentlemanlike und half ihr auf die Füße, sprich auf die Stöckelschuhe. Gleichzeitig zog sie ihm geschickt die Brieftasche aus dem Jackett und steckte sie blitzschnell in ihre Hosentasche. Sie bedankte sich für die Hilfe und verschwand in der Damentoilette.

Fassungslos blieb Gero stehen. Er hatte alles genau gesehen. Sie war nicht mit dem Fuß umgeknickt, sondern hatte es nur vorgetäuscht. Eine Taschendiebin! Das erklärt, warum sie einen Haufen Bargeld besitzt. Er ging zurück an die Theke. So ein raffiniertes Luder! Den Gast hat sie beobachtet, um zu sehen, wo er sein Geld aufbewahrt, kombinierte er.

Nach einer Weile kam Frau Hood zurück, bezahlte und verließ das Restaurant. Er folgte ihr.

Als Nächstes kehrte sie im ›Café Stressless‹ ein. Er platzierte sich so, dass er die Diebin im Blick hatte. Im Café herrschte Hochbetrieb. Er tat so, als schaute er interessiert in sein Smartphone. In Wirklichkeit ließ er sie nicht aus den Augen.

Er wartete darauf, dass sie wieder jemanden beim Bezahlen ins Visier nahm, aber das geschah nicht. Sie bewegte sich dort, wo viele Menschen zusammenstanden. Im ›Stressless‹ gab es keine Bedienung, wenn es so voll war wie jetzt. Ein Pulk stand vor dem Tresen und einer vor der Kasse. Frau Hood drängelte durch die Reihen, holte Zucker oder Milch oder einen frischen Kaffee. Gekonnt und unauffällig zog sie Brieftaschen aus Jacken und Hosen. Im ›Café Stressless‹ verkehrten überwiegend Männer. Die meisten bewahrten ihr Geld hinten in der Hosentasche auf, stellte Gero fest. Sie hatte leichtes Spiel und fühlte sich anscheinend unbeobachtet.

Heute nicht.

Mit dem Smartphone fotografierte er sie unbemerkt beim Diebstahl. Bei einer Aufnahme lief ein Mann mit breitem Kreuz dazwischen. Er war dennoch zufrieden.

Endlich hatte er etwas gegen sie in der Hand. Obwohl er schockiert war, über das, was er herausgefunden hatte, war er doch erleichtert, dass er es nicht mit einer Journalistin zu tun hatte.

Er wunderte sich, dass sie nach den Diebstählen nicht augenblicklich das Café verließ. Nein, sie saß seelenruhig an einem Tisch und trank Latte macchiato. Mehrfach war sie mit ihrer Beute in Richtung Toilette verschwunden. Er vermutete, dass sie dort das Bargeld aus den Brieftaschen nahm und den Rest entsorgte. Sie zog eine Zeitschrift aus der Handtasche und schlug sie auf. Erstaunlich, dachte er, als wäre nichts gewesen. Er betrachtete ihr Gesicht eingehend, entdeckte aber keine Spur von Nervosität. Dort saß eine attraktive Frau, die ausgeglichen wirkte und in Ruhe las.

Die Ruhe wird dir bald vergehen, Frau Hood, dachte er und klickte ein Foto in seinem Smartphone an.

21

Robinas Streifzug war beendet. Die ›Steaktafel‹ mied sie heute. Die Gefahr, dort auf Herrn Koning zu treffen, erschien ihr zu riskant. Vom ›Café Stressless‹ aus wollte sie nach Hause fahren. Im Zug las sie einen Artikel über Navigationsgeräte und wunderte sich, warum darüber in einer Frauenzeitschrift berichtet wurde.

Zu Beginn ihrer Beutezüge war sie nach erfolgreichem Einsatz sofort verschwunden. Eines Tages bemerkte sie, dass das nicht nötig war. Bislang hatte sie noch nie jemand verdächtigt. Wenn einem ihrer Opfer der Verlust der Brieftasche am Tatort auffiel, kam niemand auf die Idee, dass sie, die fein angezogene Dame, etwas damit zu tun haben könnte.

Mit ihren Einnahmen war sie zufrieden, fast achthundert Euro. In ihren Gedanken vermied sie Begriffe wie ›Klauen‹ oder ›Stehlen‹ bewusst. Stattdessen verwandte sie die Wörter ›erbeutet‹, ›auf Streifzug gehen‹, ›Verdienst‹ oder ›Einnahmen‹. Ihr schlechtes Gewissen hielt sie dadurch in Schach. Es meldete sich nicht ganz so laut. Ihr war natürlich bewusst, dass das, was sie tat, strafbar war. Sie fand aber immer wieder Ausreden um weiterzumachen.

Zum ersten Mal hatte sie in einem Kaufhaus zugeschlagen. Vorher hatte sie noch nie in ihrem Leben gestohlen. An jenem Tag hatte sie im Kaufhaus vor der Kasse angestanden, mit einem Stapel Unterwäsche auf dem Arm – die günstige aus dem Sonderangebot. Vor ihr diskutierte eine Kundin mit der Verkäuferin. Auf dem Tresen lag teure Markenkleidung. Ein Kleid wollte die Frau gern in Rot statt in Blau, konnte es aber nicht finden. Die Verkäuferin versicherte, dass drüben am Ständer eines hinge und beide gingen weg.

Robina blieb alleine an der Kasse zurück, genauso wie das Portemonnaie der Kundin, das neben den Kleidungsstücken auf dem Tresen lag. Später konnte sie nicht mehr genau sagen, was in dem Moment in sie gefahren war. Sie sah sich um, legte ihre Einkäufe auf das Portemonnaie und steckte es blitzschnell ein. Die Unterwäsche warf sie beim Rausgehen auf einen Stapel Socken. Erst zu Hause traute sie sich, das Portemonnaie zu öffnen – fast fünfhundert Euro! So viel bekam sie nicht mal vom Jobcenter, wenn sie die Miete abzog.

Sie hatte über ein Jahr lang keine Kleidung gekauft, bis auf das Nötigste. An dem Tag war sie besonders frustriert an den schönen Kleidern vorbeigegangen und hatte sich gefragt, ob sie sich die jemals wieder würde leisten können.

Nach dem Vorfall befragte sie wochenlang das Internet, um sich ein paar Tricks anzulesen. In der Zeit ging es ihr gut, weil sie wieder eine Aufgabe hatte – wenn auch eine illegale. Ihre ersten Streifzüge unternahm sie in der Fußgängerzone, doch die Angst ertappt zu werden, wuchs stetig. Dann hatte sie die Idee mit ihrer Verkleidung. Nach einiger Zeit entdeckte sie, dass ihr schlechtes Gewissen nicht so groß war, wenn sie Menschen bestahl, die zumindest so aussahen, als hätten sie viel Geld. Seitdem unternahm sie ihre Streifzüge nur noch im Businessviertel in Berfurt.

Navis interessierten Robina nicht besonders, aber in dem Artikel lächelte Herr Koning ihr auf einem Foto entgegen. Interessant, dachte sie und las weiter …

Die Target AG brachte nicht nur das erste Navigationsgerät für Autos auf den Markt, sondern entwickelte ebenfalls das erste Navi für den Outdoorbereich.

Neuerdings ist die Target AG weltweit der einzige Anbieter eines personalisierten Navis. Die Idee für die Neuentwicklung hatte der Vorstandsvorsitzende und zugleich Hauptaktionär Gero Koning.

Das NaviVocal ist ein stimmenpersonalisiertes Navigationsgerät. Der Kunde lässt im firmeneigenen Tonstudio der Target AG seine Stimme aufnehmen, die anschließend in das NaviVocal implementiert wird.

Beliebt ist das Navi vor allem als Geschenkidee bei gut betuchter Kundschaft. Hier sei die Gattin genannt, die ihrem Mann eine Freude machen möchte. Der Beschenkte kann sich dann auf dem Weg zum trauten Heim von der Stimme seiner Frau leiten lassen.

Wie viel das NaviVocal kostet, darüber schweigt Herr Koning sich aus. Anfragen könne man gern an ihn richten. Je nach Ausführungsmodell variiere der Preis.

Für alle, die sich das nicht leisten können, gibt es die herkömmliche Version Target S 105, das vor einem Monat auf den Markt gekommen ist …

Das ist ja spannend! Sofort fiel ihr der Brief der Politikerin ein, den sie in ihrer Handtasche aufbewahrte. Sie hatte das Gefühl, dass der Brief in ihrer Wohnung, trotz neuem Sicherheitsschloss, nicht mehr sicher war und hatte ihn heute Morgen mitgenommen. Den Inhalt verstand sie leider immer noch nicht, deshalb nahm sie sich vor, ihn zu erneut in Ruhe zu lesen.

$\mathcal{V}$om ›Café Stressless‹ aus wollte Gero zurück zum Theater gehen, überlegte es sich aber anders. Die Maskerade begann ihm Spaß zu machen, deshalb stattete er inkognito Marlene am Pommesstand einen Besuch ab.

»Eine Currywurst bitte«, sagte er mit verstellter Stimme.

»Jut, kommt sofort.«

Marlene erkannte ihn nicht.

Während er die Wurst aß, hielt Sven aus der ›Steaktafel‹, mit dem Fahrrad am Stand. Sven bestellte einen Kaffee und beachtete ihn nicht.

»Na, Marlenchen, was ist denn jetzt mit deiner Statistenrolle im Theater? Hast du den Regisseur überredet?«

»Ach der«, winkte sie ab, »nee, Sven, noch nicht. Na jut, ick weiß auch nicht, warum er dat nicht will. Ick mein, den Gefallen könnte er mir tun, oder?«

»Klaro. Der heult sich doch ständig bei dir aus. Und du hast ihn oft genug beruhigt, wenn er vor einer Premiere kurz vor dem Durchdrehen war.«

»Ja, nich?«

»Kann man denn da gar nichts machen?«

»Was soll ick denn da machen? Für den bin ich doch viel zu alt.«

Sven lachte. »So war das nicht gemeint, Marlenchen.«

»Na jut, ick dacht schon.«

Gero hörte alles unauffällig mit an und grinste in sich hinein. Vielleicht reden sie gleich über mich, dachte er, und war sich nicht sicher, ob er das hören wollte. Marlene war bestimmt geknickt, weil er lange nicht mehr bei ihr vorbeigeschaut hatte.

»Sonst hab ich auch keine Idee«, sagte Sven.

»Ick auch nich.«

»Wie wär's mit Erpressung?«

»Jut, bloß womit? Ick kann es ja mal mit Hausverbot versuchen, oder heißt dat dann Standverbot?«

Beide lachten.

»Ob das reicht?«

Nachdenklich wischte Marlene mit einem feuchten Tuch die Arbeitsfläche neben der Fritteuse ab. »Sag mal, kannst du dich noch daran erinnern, als die Engländerinnen hier waren?«

»Klaro, kann ich mich noch an die erinnern. Was ist mit denen?«

»Die wollten doch von Adrian die Karte übersetzt haben und der wollt dat ja nicht.«

»Nein, davon weiß ich nichts.«

»Dat war auch, bevor du dazugekommen bist. Dann hast du denen dat übersetzt.«

»Ja, so bin ich mit denen ins Quatschen gekommen.«

»Na jut, aber weißt du was? Du, dat bleibt aber unter uns, ja?«

Sven nickte.

»Ick glaub ja, dat der Adrian nicht lesen kann!«

»Was? Das kann doch nicht sein.«

»Doch, glaub dat mal. Dat hab ich ein paarmal beobachtet, der liest nie. Guck mal, Sven, die anderen Schauspieler stehen immer mit die Bücher hier, wenn sie was essen, und fragen sich gegenseitig den Text ab. Den Herrn Regisseur hab ick noch nie mit einem Buch in der Hand gesehen.«

»Ich weiß nicht, das heißt doch nichts.«

»Aber, ick hab ihm mal eine Postkarte von meiner Tochter gezeigt, die ist ja auf Weltreise. Sie schreibt immer was Witziges auf die Karten. Der Adrian hat sich dat Bild angesehen, die Karte umgedreht und so getan, als ob er liest. Hat der aber nicht.«

»Woher willst du das denn wissen?«

»Na jut, er hat nicht gelacht! Er hat mir nur die Karte wiedergegeben und meinte, es scheint ja wohl schön dort zu sein.«

»Mhm, komisch ist das schon. Du, ich muss los. Was bekommst du denn von mir?«

»Ach lass mal stecken, geht aufs Haus, ick mein, aufn Stand.« Sie lachte.

Gero freute sich diebisch und bereute den Umweg zu Marlene nicht. Auf dem Weg zum Theater dachte er über das nach, was er gehört hatte. Hab ich Adrian schon mal lesen sehen, fragte er sich. Ehrlich gesagt konnte er sich nicht daran erinnern, aber auf so etwas achtete man normalerweise nicht. Lesen kann jeder Erwachsene. Obwohl das nicht stimmt, fiel ihm ein, und erinnerte sich an den Hausmeister in seiner Firma. Durch einen Zufall war irgendwann herausgekommen, dass er nicht lesen konnte. In dem Job war das nicht tragisch – aber als Regisseur?

Er fasste einen Entschluss.

23

*W*ar Ihr Test erfolgreich, Herr Koning?«, fragte die Maskenbildnerin.

Er wollte gerade fragen: ›Welcher Test?‹, besann sich aber rechtzeitig.

»Ja. Ist alles prima gelaufen. Befreien Sie mich bitte von der Perücke und dem Rest.«

»Das mache ich.«

Lena nahm ihm die falschen Haare vom Kopf, zupfte den Schnäuzer ab und begann, die Schminke mit einem Wattepad aus seinem Gesicht zu wischen. Plötzlich stand Adrian in der Tür und schaute Gero erstaunt im Spiegel an.

»Was willst du hier? Warum hast du eine Perücke auf? Und Lena, was machst du hier?«

Lena sah schuldbewusst auf den Boden.

»Sie hat damit nichts zu tun«, sagte Gero. »Lena, bitte lassen Sie uns einen Moment alleine.«

Die Maskenbildnerin ließ sich das nicht zweimal sagen. »Ich bin in der Cafeteria, falls Sie mich brauchen.«

Adrian fixierte Gero mit seinen stechenden grünen Augen. »Was soll das?«

»Ach, du, das war so eine Aktion für einen Geschäftsfreund von mir. Der mit den Bäckereifilialen, du weißt schon ...«.

»Genau in der Aufmachung habe ich dich vorhin im ›Café Stressless‹ gesehen!«

»Ja. Und?«

»Gewiss, ich habe gesehen, wie du die Schwarzhaarige fotografiert hast, auf die Falk ein Auge geworfen hat. Was hast du denn mit der zu schaffen?«

Gero fühlte sich unwohl in seiner Haut und stand auf, um Zeit zu gewinnen. Adrian war ihm im Café nicht aufgefallen. Er hatte den Fokus nur auf Frau Hood gerichtet.

»Das ist nicht so, wie du denkst.«

»Ach? Und was denke ich?«

»Das war alles nur ein Riesenzufall. Falk muss davon nichts wissen.«

»Gero, was du in der Maskerade bei deinem Bäckerfreund gemacht hast und, ob du tatsächlich dort warst, weiß ich nicht, aber dass du die Frau im Café fotografiert hast, das habe ich gesehen.«

»So? Und was genau hast du gesehen?«

»Das habe ich doch gesagt. Du hast sie fotografiert.«

»Es ist nicht verboten, Frauen zu fotografieren. Ich kenne sie allerdings nicht.«

»Das glaubst du doch selbst nicht!«

»Du musst gerade reden! Ehrlich gesagt, lieber Arian, weiß ich nicht, was dich das angeht!«

Adrian zuckte zusammen. »Stimmt, du hast recht. Mach doch, was du willst!« Wütend brauste er davon.

Gero wunderte sich, dass er so schnell klein beigegeben hatte.

»Alles in Ordnung, Herr Koning?«, fragte Lena. »Ich hab gesehen, wie er in Richtung Probenraum gestürmt ist und dachte, ich sehe mal nach Ihnen. Bekomme ich jetzt Ärger?«

»Nein, auf keinen Fall. Machen Sie sich keine Sorgen. Es wäre schön, wenn Sie den Rest der Schminke entfernen könnten, damit ich wieder normal aussehe.«

»Klar, gleich sind Sie wieder ganz Sie selbst.«

Auf dem Weg nach draußen kam Gero an einem der Probenräume vorbei und sah, dass die Tür einen Spalt aufstand. Er öffnete sie vorsichtig und lugte hinein. Die Probe lief auf Hochtouren. Auf der provisorischen Bühne standen drei Schauspieler, die sich mit dem Text abmühten. Einer verhedderte sich ständig an einer Stelle.

Adrian fuhr ihn an: »Hast du wieder den Text nicht gelernt? Das darf doch nicht wahr sein. So kommen wir nicht weiter.«

Der Schauspieler versuchte, sich herauszureden, aber Adrian winkte ab und gab mit einer Handbewegung zu verstehen, dass alle weiterspielen sollten.

Gero beobachtete Adrian. Wie immer trug er Jeans, ein Poloshirt und seinen weißen Seidenschal. Aufgrund der kräftigen, aber kleinen Statur wirkte er nicht so elegant, wie er meinte. In der Hand hielt er ein Reclamheft, wohl der Text des Stückes.

Adrian unterbrach erneut die Schauspieler. »Halt! So geht das nicht! Mehr Gefühl und Leidenschaft. Sonst schläft uns ja das Publikum ein.«

Augenscheinlich lief es dann besser. Gero konnte das nicht beurteilen, aber Adrian lehnte sich entspannt im

Regiestuhl zurück. Gero schlich von hinten an Adrian heran. Er beugte sich zu ihm hinunter und setzte alles auf eine Karte. »Ich weiß, dass du kein Wort von dem lesen kannst, was dort steht«, flüsterte er.

Adrian sprang auf und sah ihn erschrocken an. Sofort wusste Gero, dass er ins Schwarze getroffen hatte und Marlenes Mutmaßungen richtig waren. Zum Leugnen war es zu spät.

»Wie? Woher? Du kannst doch gar nicht ...« stammelte Adrian.

»Ich kann das nicht wissen? Nun weißt du, dass ich es weiß! Ich schätze, wir sind uns einig, dass dieses kleine Geheimnis unter uns bleibt, genauso wie mein kleines Geheimnis. Siehst du das auch so?«

Adrian runzelte die Stirn und nickte.

»Dann ist ja alles in bester Ordnung!« Er ließ den Regisseur verblüfft stehen und ging zum Parkplatz. Ohne die Maskerade fühlte er sich nun doch wieder wohler. Er staunte noch einmal darüber, was eine Perücke ausmachte, jetzt hatte er seine wahre Identität zurück.

Er freute sich über die gelungene Aktion. Hätte ich Adrian in einem Gespräch mit meiner Vermutung konfrontiert, hätte er alles abgestritten. Aber so hatte ich das Überraschungsmoment auf meiner Seite und er ist in die Falle getappt.

Als Nächstes hole ich mir endlich meinen Brief zurück – und zwar noch heute.

Bevor er den Motor startete, sah er sich die Fotos von Frau Hood im Smartphone an, auf denen sie die schwarzhaarige Perücke trug. Er dachte an die Fotos, die er in ihrer Wohnung entdeckt hatte. Die, auf denen sie mit ihren echten roten Haaren abgebildet war. Wie zufällig zoomte er ihr Gesicht heran und verharrte eine Weile auf ihren blauen Augen.

Wie ungewöhnlich schön! Sie hat rote Haare und blaue Augen.

24

*A*uf der Fahrt nach Glanfeld überlegte Gero, wie er vorgehen wollte. Einfach klingeln? Vielleicht ist sie auch noch nicht zurück? Wer weiß, wie lange Frau Hood üblicherweise unterwegs ist? Vielleicht kommt sie auch erst spät in der Nacht heim?

Er parkte an der üblichen Stelle und schaute zum Hauseingang hinüber. Die Dämmerung setzte bereits ein. Nach einer Weile stieg er aus. Er ging ein Stück auf dem Bürgersteig entlang und hoffte, von dort aus sehen zu können, ob in der Dachgeschosswohnung Licht brannte. Das Erdgeschoss war hell erleuchtet, aber oben sah er kein Licht. Das hieß nicht, dass sie nicht da war. Bei seinem kleinen Hausbesuch – Einbruch wollte er seine Tat angesichts der neuen Erkenntnis über Frau Hood nicht mehr nennen – hatte er gesehen, dass die Küche zum Hinterhof hinausging. Die Altbauten waren in der typischen Bauweise errichtet, jeweils ein Karree mit Innenhof. Er ging um den Block herum. Von der Parallelstraße aus konnte er durch den Innenhof bis zum Dachgeschoss hinübersehen. Im obersten Stockwerk war es dunkel.

Seine Laune verschlechterte sich augenblicklich. Er hatte keine Lust, stundenlang im Auto zu sitzen.

Womöglich bleibt sie die ganze Nacht in Berfurt und gibt das gestohlene Geld direkt wieder aus. Woher sollte er das wissen? Insgesamt wusste er wenig über die Frau, mit der er sich seit Tagen beschäftigte. Das beunruhigte ihn. Soll ich erneut in die Wohnung einbrechen? Unmöglich! Sie hat bestimmt keinen Schlüssel mehr unter dem Blumentopf deponiert. Ein richtiger Einbruch ist mir zu riskant. Ich bin ja kein Krimineller.

Als er um die Ecke bog, sah er sie. Frau Hood schlenderte auf dem Bürgersteig entlang. Ihre rotflammenden Haare leuchteten im Halbdunkel. Das ist meine Chance, dachte er und zögerte nicht. Mit schnellem Schritt holte er sie ein und tippte ihr auf die Schulter.

»Frau Hood, wir müssen uns mal unter…«

Robina drehte sich erschrocken um und wollte wegrennen. Er packte sie am Arm und zog sie in eine Einfahrt, die in einen Hinterhof führte. Sie wehrte sich mit aller Kraft und versuchte, ihn gegen das Schienbein zu treten. Geschickt umklammerte er sie mit beiden Armen von hinten und hielt sie fest.

»Lassen Sie mich!«

Gero hielt ihr den Mund zu. »Frau Hood, ich tue Ihnen nichts. Beruhigen Sie sich. Ich will nur meinen Brief zurück! Verstehen Sie?«

Sie nickte.

»Ich weiß, dass Sie stehlen! Heute Nachmittag habe ich Sie im ›Café Stressless‹ fotografiert! Ich lasse Sie jetzt los und wir sind uns einig, dass Sie nicht schreien. Einverstanden?«

Wieder nickte sie.

Er ließ sie los. Dann standen sie voreinander und musterten sich.

Robina holte tief Luft. »Ich kann mich nicht daran erinnern, Sie im Café gesehen zu haben! Sie bluffen doch nur.«

»Woher sollte ich dann wissen, dass Sie klauen?« Er zog sein Smartphone aus der Tasche und zeigte ihr eines der Fotos. »Frau Hood, es ist ganz einfach, Sie geben mir den gestohlenen Brief und ich zeige Sie nicht bei der Polizei an.«

»Wer garantiert mir denn, dass Sie nicht zur Polizei gehen, wenn ich Ihnen den Brief gebe?«

»Wer garantiert mir denn, dass Sie keine Kopien besitzen? Haben Sie den Brief noch?«

»Ja, ich habe ihn noch.«

»Gut! Dann geben Sie mir meinen Brief.« Gero streckte seine Hand aus.

Sie zog das Kuvert aus der Handtasche und gab es Gero.

»Haben Sie ihn gelesen?«

»Nein.«

Die Antwort kam zu rasch. Er war davon überzeugt, dass sie log. »Das ist lediglich die Zusage eines Kunden. Es ist wichtig, dass ich das Original habe.«

Er nahm ein leichtes Nicken von ihr wahr, in ihren Augen spiegelte sich allerdings Skepsis wieder. Eigentlich kann ich jetzt gehen, dachte er. Doch er blieb stehen.

Robina näherte sich ihm und küsste ihn.

Er erwiderte den leidenschaftlichen Kuss, bis sie ihn abrupt wegstieß und losrannte.

Was war das denn? Er lehnte sich an die Hauswand. So was ist mir noch nie passiert. Okay, ich bin auch noch nie in fremde Wohnungen eingestiegen! Ich habe auch noch nie verkleidet eine ebenfalls verkleidete Frau verfolgt und sie beim Stehlen fotografiert!

*A*uf der Rückfahrt nach Berfurt gingen Gero die Ereignisse des Abends nicht aus dem Kopf. Warum hab ich sie geküsst? Das heißt, sie hat mich geküsst! Normalerweise ist das mein Part. Ich mache den ersten Schritt – nicht umgekehrt.

Zugegeben, er fand Robina sehr attraktiv. Egal, ob in ihrer Verkleidung oder mit den lockigen roten Haaren. Ihre Attraktivität beruhte nicht nur auf ihrem Äußeren, sie besaß zudem eine enorme Ausstrahlung. So einer Frau war er bislang noch nie begegnet. Er versuchte, ihre Wirkung auf ihn einzuordnen. Ihm kamen Wörter wie stark, autark und ungewöhnlich eigenwillig in den Sinn.

Interessante Mischung!

Der Brief bereitete ihm weiterhin Sorgen, auch wenn er ihn zurückbekommen hatte. Er war davon überzeugt, dass sie ihn gelesen hatte. Inwieweit sie den Inhalt verstanden hatte, konnte er nur schwer einschätzen. Dumm ist sie nicht!

***

Robina lief wie ein Tiger im Käfig durch ihre Wohnung. In den Sekunden, in denen Gero ihr die Fotos gezeigt hatte, war eine Welt für sie zusammengebrochen. Genau vor so einem Ereignis hatte sie immer Angst gehabt. Jetzt war es passiert, Gero war der Erste, der sie auf frischer Tat ertappt hatte. Und nicht nur das, zu allem Übel hatte er sie auch noch beim Stehlen fotografiert.

Das Wort ›Polizei‹ hallte lange in ihrem Kopf nach. Sie sah sich schon im Gefängnis sitzen und hatte das Geräusch von einer Eisentür im Ohr, die sich hinter ihr schloss. Eine schreckliche Vorstellung.

Und dann küsse ich ihn auch noch! Wie konnte mir das bloß passieren? Vielleicht war es sein durchdringender Blick oder die ungewöhnliche Situation? Eine logische Erklärung fand sie nicht.

Ich bin immer so vorsichtig vorgegangen und dann klaue ich dem Kafka-Leser den Brief aus dem Jackett. Ein Riesenfehler! Sie ärgerte sich maßlos darüber und gleichzeitig kam ihr schlechtes Gewissen an die Oberfläche. Ihr Gefühlschaos ließ sich nicht durch ihre Gedanken bändigen. Sie schmiss sich auf das Sofa und weinte. Eine Packung Papiertaschentücher später beruhigte sie sich allmählich. Sie dachte noch einmal an den Kuss und musste jetzt sogar darüber schmunzeln.

Sie hätte gern mit jemandem geredet, wusste aber nicht mit wem. Über das, was heute passiert war, konnte sie mit niemandem reden, außer vielleicht mit Christa. Sie überlegte sie anzurufen, entschied sich aber dagegen. Sie wartete lieber, bis Christa aus ihrem Kurzurlaub zurückkam, um persönlich mit ihr zu sprechen.

Bevor sie ihren Job verloren hatte, war sie davon überzeugt, sehr gute Freunde zu haben, aber leider wurde sie eines Besseren belehrt. Am Anfang ihrer Arbeitslosigkeit hatten viele versucht, ihr Mut zu machen, sich mit der Zeit aber mehr und mehr distanziert. Bei einigen war sie selbst auf Abstand gegangen. Irgendwann konnte sie die vermeintlich guten Ratschläge nicht mehr hören. In Wirklichkeit ging es den anderen nicht darum, ihr zu helfen, sondern darum, ihre eigene Angst vor Arbeitslosigkeit in Grenzen zu halten. Die Ratschläge begannen oft mit den Worten: »Also, ich an deiner Stelle würde …«

Hinzu kam das Problem, dass sie mit ihren Freunden nicht mehr viel unternehmen konnte. Einen Kino-Abend, so wie früher, mit Popcorn, Getränk und anschließendem Kneipenbesuch, einschließlich einer Kleinigkeit zu essen, sprengte ihr Budget. Freunde, die ihr sehr nahe standen, bezahlten ein paar Mal für sie mit. Auf Dauer wurden ihr die Einladungen unangenehm, weil sie nicht wusste, ob und wann sie sich revanchieren konnte.

Vor einem Jahr war dann auch noch ihre beste Freundin Katja aus Berfurt weggezogen. Sie hatte einen Franzosen geheiratet und war zu ihm in die Nähe von Lyon gezogen. Nach dem ersten Kind rief sie nur noch selten an. E-Mails schrieb sie gar keine mehr. Katjas letzter Besuch in Berfurt lag Monate zurück. Robina hatte viel Verständnis für die neue Situation ihrer Freundin und nahm es ihr auch nicht übel, dass sie weniger Zeit für sie hatte, aber in solchen Momenten wie jetzt vermisste sie Katja sehr.

Ihre Gedanken kehrten zu Gero zurück. Vielleicht hab ich ihn geküsst, weil ich mich einsam fühle?

Der Brief von der Politikerin scheint enorm wichtig für ihn zu sein, sonst hätte er sich nicht so viel Mühe gegeben, ihn zurückzubekommen. Gut, dass ich ihn eingescannt habe. Heute fehlt mir die Konzentration dafür, aber morgen muss ich den Brief unbedingt noch einmal lesen.

Sie wälzte sich stundenlang im Bett hin und her, bis sie in einen unruhigen Schlaf fiel.

Der Mönch aus ihrem letzten Traum stand in dieser Nacht nicht in der Kapelle, sondern verfolgte sie durch eine menschenleere Stadt. Sie rannte, so schnell sie konnte, doch der Abstand zwischen dem Mönch und ihr blieb gleich. Plötzlich ragte vor ihr ein Felsen auf. Erschrocken sah sie sich um und merkte, dass sie in eine Sackgasse gerannt war. Sie versuchte, den Felsen hinaufzuklettern, doch das Gestein war wie glatt geschliffen. Sie fand nirgendwo Halt. Mit dem Rücken an den Felsen gepresst sah sie, dass der Mönch sein Tempo verringerte. Die schwarze Kutte schlenkerte beim Gehen um seine Beine. Sie wollte schreien, bekam aber keinen Ton heraus. Ihr Hals fühlte sich wie zugeschnürt an. Je näher der Mönch kam, desto mehr verwandelte sich die Kutte in einen schwarzen Anzug. Schließlich blieb er vor ihr stehen. Er überragte sie um mindestens einen halben Meter. Mit dem Zeigefinger zeigte er auf sie und sagte mit tiefer Stimme: »Du sollst nicht stehlen!« Dann griff er in sein Jackett und zog eine Pistole heraus.

Schweißgebadet und mit pochendem Herzen schreckte sie aus dem Schlaf hoch.

26

*A*m Morgen gab Robina einen extra Löffel Kaffeepulver in den Filter und stellte die Maschine an. Nach dem Albtraum hatte sie lange wach im Bett gelegen. In den frühen Morgenstunden war sie nur kurz wieder eingeschlafen. Sie goss den Kaffee in ihre Lieblingstasse und setzte sich auf den Balkon. Der Satz ›Du sollst nicht stehlen!‹ setzte sich in ihrem Kopf fest. Ihre Gewissensbisse meldeten sich lauter denn je. Bislang hatte sie sich nur vor sich selbst für ihre Streifzüge rechtfertigen müssen. Die Tatsache, dass Gero über ihre Diebstähle Bescheid wusste, beunruhigte sie zunehmend und potenzierte ihr schlechtes Gewissen – da halfen auch ihre zahlreichen Spenden nicht.

Damals, nach den ersten Monaten ihrer Streifzüge, hatte sie angefangen, einen großen Teil der Beute zu spenden. Dadurch gelang es ihr, die Gewissensbisse in Schach zu halten. Sie spendete für Menschen, die in einer ähnlichen Situation lebten wie sie. Dem Verein gegen Kinderarmut in Deutschland überwies sie beispielsweise regelmäßig hohe Summen. Von Kinderarmut waren meistens Kinder betroffen, deren Eltern keine Arbeit hatten. Ihr Geld war dort gut aufgehoben. Sie fühlte sich sozusagen als Mittlerin zwischen Arm und

Reich, sie verteilte das Geld quasi auf ihre Art um. Ihr war bewusst, dass es schon einmal jemanden gegeben hatte, mit gleichen Hintergedanken und gleichem Nachnamen, der in den Wäldern Englands sein Unwesen trieb und, dass die Geschichte kein glückliches Ende nahm. Diebstahl blieb trotzdem Diebstahl und strafbar.

Ihr wurde erneut bewusst, dass sie sich die Streifzüge durch ihre Spenden schönredete. Ob ihr das in Zukunft auch gelingen würde?

Sie stellte die Kaffeetasse auf die Spüle und ging nach unten zum Briefkasten. Meistens lag nur Werbung darin, aber manchmal kam eine Einladung zu einem Vorstellungsgespräch per Post. Heute allerdings nicht, nur ein Brief vom Jobcenter. Was wollen die denn schon wieder? Hoffentlich nicht so ein weiterer unsinniger Termin wie in der letzten Woche.

Sie goss den Rest Kaffee aus der Kanne in ihre Tasse und öffnete den Brief sofort. Sie wollte nicht wieder tagelang um die Post herumschleichen wie beim letzten Mal.

Na, das ging ja fix. Wie von Frau Schulze angekündigt, betraf das Schreiben ihre Wohnsituation. Sie las, dass das Jobcenter ein Kostensenkungsverfahren eingeleitet hatte. Auf Deutsch hieß das, sie musste sich eine günstigere Wohnung suchen. Andernfalls würde ihr ein Teil der Zahlungen gestrichen.

Mit Tränen in den Augen sackte sie auf den Küchenstuhl zusammen. Das hatte ihr gerade noch gefehlt! Sie fühlte sich in ihrer Wohnung sehr wohl und wollte auf keinen Fall umziehen. Die Wohnung gehörte zu den wenigen Dingen, die sich momentan in ihrem Leben gut anfühlten. Das sollte auch so bleiben. Von heute auf morgen würde sie sowieso keine neue Wohnung finden und erst recht keine, die der vorgeschriebenen Mietobergrenze entsprach. Vor allem nicht in diesem Stadtteil, hier gab es keine adäquaten Wohnungen.

Was bildet die Schulze vom Amt sich bloß ein? Ob der überhaupt bewusst ist, was sie anrichtet? Wahrscheinlich nicht! Ihre Sachbearbeiterin hatte bestimmt keinen blassen Schimmer davon, was ein Umzug für sie bedeuten würde. Sie würde ja nicht nur einfach ihre Möbel woanders hinstellen. Nein, ihre gesamte Umgebung und ihr Umfeld würden sich durch einen Umzug verändern. Von hier aus konnte sie bequem mit dem Fahrrad alles erreichen. Es gab Einkaufsmöglichkeiten direkt um die Ecke und bis zum Zentrum, falls man das in Glanfeld so nennen konnte, war es nur ein Katzensprung. Sie kannte viele Menschen in ihrem Stadtteil, wenn auch viele nur vom Sehen. Es gab Leute, die sie grüßten und ein paar Worte auf der Straße mit ihr wechselten. Oder die Verkäuferin in der Bäckerei, in der sie ihr Brot kaufte. Mit der hielt sie oft ein Pläuschchen. Das waren zwar alles Kleinigkeiten, aber gerade die gaben ihr in der jetzigen Situation Halt. Mit einem Umzug fiel das alles weg.

Dann musste sie möglichst bald einen Job finden. Doch die Chancen dafür schätzte sie gegen null. In den letzten zwei Jahren hatte sie etliche Bewerbungen geschrieben, ohne Erfolg. Ihre Gedanken kreisten – ohne Ergebnis.

Dann gehe ich eben noch öfter auf Streifzug, dachte sie. Aber gerade jetzt war es keine gute Idee, auf die Art und Weise ihr Einkommen zu erhöhen – zumindest nicht in Berfurt. Sie müsste sich eine andere Stadt suchen.

Ob Gero noch einmal Kontakt zu ihr aufnehmen würde? Sie grübelte eine Weile darüber nach. Eigentlich müsste die Sache für ihn erledigt sein. Den Brief hatte er schließlich zurück. Was kann denn nur so wichtig sein an dem Brief sein? Robina klappte ihren Laptop auf.

27

*D*er Justiziar seiner Firma hatte Gero vor ein paar Minuten den Vertrag gebracht und ihm den entscheidenden Paragrafen ausführlich erklärt. Ein externer Anwalt war bei der Erstellung des komplizierten Vertrages mit Frau Schuffenhauser behilflich gewesen. Den beiden war es gelungen, ein juristisch einwandfreies Papier aufzusetzen, das beim genaueren Lesen seine Tücken enthielt.

»Herr Koning, Frau Schuffenhauser ist da.«

»Danke, Frau Luft.«

»Sie wartet im kleinen Besprechungsraum.«

»Ich eile.« Er nahm die Mappe mit den benötigten Unterlagen und machte sich auf den Weg.

»Schönen guten Tag, Frau Schuffenhauser. Hatten Sie eine angenehme Anreise?«

»Ja, alles bestens.«

Sie trug wie immer eine schwarze Stoffhose und darüber ein buntes Herrenhemd. Auf ihn wirkte es ausgesprochen unansehnlich. Die Kombination hatte sich im Laufe der Zeit zu einer Art Markenzeichen von ihr entwickelt, auch wenn sie nicht zu den Kleidungsgewohnheiten der anderen Parteimitglieder passte. Nur auf dem alljährlichen Oktoberfest präsentierte sie sich im Trachtenkleid.

Er hielt sich nicht lange mit Small Talk auf, sondern leitete zur Besprechung des Vertrages über. Frau Schuffenhauser hatte vorab ein Exemplar per E-Mail bekommen.

»Herr Koning, mein Anwalt hat den Vertrag geprüft. Er machte mich auf den Paragrafen 5 aufmerksam. Was genau ist mit dem Abschnitt gemeint?«

Gero grinste innerlich. Ihr Anwalt war nicht über den brisanten Paragrafen gestolpert, sondern hatte sich an einem völlig belanglosen aufgehalten. »Der besagt, dass wir Ihre Stimme für das neue Navigationsgerät in Ihrem Dialekt aufnehmen. Das ist Ihnen hoffentlich recht?«

»Jo mai, wenn'S des meinen!«

Den Dialekt sprach sie in der Öffentlichkeit nur selten. Er hatte in einem Artikel über sie gelesen, dass das nicht am fehlenden Lokalpatriotismus lag. In ihrem Amt als Bundesministerin war es ihr wichtig, dass alle Menschen im Land sie verstanden.

»Die Menschen mögen so etwas, das wissen Sie bestimmt. Aus Ihrem Mund hört sich der Dialekt besonders reizend an, wenn ich das anmerken darf.« Ein Kompliment schadete nie. Er fand die Frau unausstehlich, aber Geschäft war Geschäft.

»Des weis i scho, Herr Koning.«

»Haben Sie noch weitere Fragen zum Vertrag?«

»Wann kann ich mit der vereinbarten Bezahlung rechnen?«

»Sobald die Aufnahmen im Tonstudio beendet sind. Wir haben bereits einen Termin avisiert. Meine

Sekretärin meldet sich bei Ihnen. Wenn Sie den Termin einrichten können, überweisen wir die komplette Summe drei Tage später auf Ihr Konto.«

Frau Schuffenhauser rutschte auf dem Stuhl hin und her. Das Thema Geld schien ihr unangenehm zu sein.

Gero wusste, dass er es nur ihren Schulden verdankt hatte, sie überhaupt zu Verhandlungen zu bewegen. In ihrer Partei würde sie Ärger bekommen, wenn das Navi mit ihrer Stimme auf den Markt käme. Wird es aber nicht! In Wirklichkeit würde dieses Navigationsgerät nie im Handel erhältlich sein, aber davon wusste die Ministerin nichts. Und das war auch gut so. Er reichte ihr einen Kugelschreiber und deutete auf die Stelle, an der sie unterschreiben musste. Sie unterschrieb, ohne zu zögern.

»Da wird meine Partei nicht begeistert sein. Geld mit Werbung zu verdienen, ist bei uns verpönt.«

Vor einem Jahr hatte die Ministerin einen Parteigenossen gehörig angegangen, der sein Gesicht für eine bekannte Automarke hergegeben hatte. »Da machen Sie sich mal keine Gedanken. Sie sind doch eine hervorragende Politikerin, man wird Ihnen das nicht lange nachtragen, glauben Sie mir. Außerdem vermarkten Sie nur Ihre Stimme, es gibt keine Plakate mit Fotos von Ihnen. Es sei denn, Sie möchten das?«

»Nein, um Gottes willen, keine Plakate.«

Er lächelte ihr beschwichtigend zu. »Vielen Dank, Frau Schuffenhauser. Ich wünsche Ihnen eine angenehme Heimfahrt.«

Nach dem Termin blieb er eine Weile im Besprechungsraum am Fenster stehen, von dem aus er einen fantastischen Blick über die Stadt hatte. Wie zur

Bestätigung des erfolgreichen Vertragsabschlusses, schien die Sonne heute besonders hell und schillernd auf die Benau. Er war rundum zufrieden. Gleich würde er Frau Zieger anrufen, um sie über die Vertragsunterzeichnung zu informieren. Die agile, jung gebliebene Mittfünfzigerin würde sich freuen, das wusste er. Ihr Gatte war seit Jahren ein erbitterter Feind von Frau Schuffenhauser.

28

S ven stand hinter dem Tresen und goss Kaffee in seine Tasse. Während Garco die Tische abputzte, klopfte es an der Tür.

»Moment! Ich muss eben den Schlüssel holen«, rief Garco.

Wenig später brauste Marlene herein. »Garco, mein Lieber, ick hab vergessen, Milch zu kaufen. Da wollt ick fragen, ob ick mir welche borgen kann?«

»Ach, sieh an, die Marlene. Wir haben uns ja lange nicht gesehen. Ich dachte schon, du wärst unter die Schauspieler gegangen.«

»Dat wird ja nix. Na, Sven, noch Kaffee trinken, bevor der Stress losgeht?«

»Klaro, bisschen Pause kann ich ja noch machen, bevor der Laden wieder voll ist.«

Herr von Lambert kam aus seinem Büro und strahlte Marlene an. »Marlenchen, auch einen Kaffee?«

»Der Herr von Lambert. Jut, da sag ick nicht nein.«

Sie gesellte sich zu Falk an den Tresen.

Garco wienerte in aller Ruhe weiter die Tische. In einer halben Stunde kamen die ersten Gäste.

Wieder klopfte es an der Tür.

»Was ist denn heute hier los?« Garco schlurfte zur Tür und ließ Adrian herein.

»Sag mal, hab ich gestern meinen Seidenschal hier liegen gelassen?«

»Ja, hast du.« Falk kramte hinter dem Tresen herum und hielt ihm das edle Stück entgegen. »Ich dachte immer, ohne den kannst du gar nicht schlafen, mein Freund. Und, nur mal so als Tipp, mittlerweile ist Hochsommer.«

»Gewiss. Doch die Seide ist allerbeste Qualität, sie kühlt bei der Hitze. Ist hier eine Versammlung, von der ich nichts weiß?«

»Nee, ohne dich würden wir dat ja nie machen.«

»Sagt mal, habt ihr eigentlich schon von diesen Autoschmierereien gehört?«, fragte Falk.

»Ja, dat hab ich gehört und gesehen auch.«

»Du hast gesehen, wer es war?«

»Nee, dat nicht. Nur, gestern nach Feierabend, auf dem Weg zum Parkplatz, da bin ick an so einem vollgeschmierten Auto vorbeigekommen. Dat sah nicht jut aus.«

Adrian versuchte, den Schal möglichst elegant um den Hals zu drapieren. »Was denn für Schmierereien?«

»Sieh an. Du hast davon noch nichts gehört? Sonst weißt du doch immer bestens Bescheid, was hier im Viertel vor sich geht«, sagte Falk.

Marlene trank einen Schluck Kaffee. »Ick sag nur, Theater Klatschbörse Nummer eins.«

»Irgendjemand beschmiert in der Stadt Autos, vornehmlich bei uns im Viertel. Er malt ein X auf die Autos mit einer Farbe, die man nicht entfernen kann, ohne den Lack zu beschädigen. Der Chef vom ›Café Stressless‹

musste den kompletten Kotflügel lackieren lassen. War nicht billig.«

»Warum macht denn jemand so was?«, fragte Adrian.

»Dat weiß man noch nicht genau. Vielleicht hat der was gegen Autos?«

»Warum sollte jemand etwas gegen Autos haben?«, fragte Falk.

»Wegen die Abgase zum Beispiel. Oder der ist mal angefahren worden oder so. Also in dem Dorf, aus dem ich komm, da gab es eine Bäuerin, die hat bei alle Mofas die Reifen eingestochen, und warum? Weil ein Mofa ihr Lieblings-Katz totgefahren hat. Na jut, die war bisschen komisch – also die Frau.«

Alle schmunzelten. Marlene erzählte hin und wieder Geschichten aus dem Dorf, in dem sie geboren worden war, von dem allerdings niemand wusste, ob es tatsächlich existierte. Amüsant waren ihre Erzählungen allemal, egal, ob sie sie erfand oder nicht.

»Gewiss, nur im Viertel gibt es keine Katzen, Marlene«, sagte Adrian.

»Jut, war ja nur ein Beispiel.«

»Gibt es denn Neuigkeiten wegen der Diebstähle im Viertel, Herr von Lambert?«, fragte Sven.

»Nein, leider nicht. Aber gestern wurde wieder an mehreren Stellen zugeschlagen. Das hat mir Pierre vom ›Chez Jacques‹ erzählt.«

»Was denn für Diebstähle?«, fragte Adrian.

Falk lachte. »Du bekommst wohl gar nichts mehr mit, oder? Vielleicht solltest du mal ein Tête-à-Tête auslassen.«

Marlene und Sven grinsten sich an. Sogar Garco hielt inne und konnte sich ein Schmunzeln nicht verkneifen.

Es gab Gerüchte, dass Adrian eine Affäre hatte. Allerdings ... den Namen seiner jetzigen Geliebten, den kannte niemand. Außer Marlene, aber die hüllte sich in Schweigen. Man munkelte etwas von einer verheirateten Frau.

Adrian nestelte immer noch an seinem Schal herum. »Falk, lass mich nicht dumm sterben.«

»Seit Monaten häufen sich hier im Viertel die Diebstähle. Nicht auf der Straße, sondern in den Restaurants und Cafés. Ausschließlich Bargeld. An einem Tag passieren gleich mehrere Vorfälle, dann ist wieder Ruhe, manchmal sogar wochenlang.«

»Das ist ja schlimm. Bei uns im Theater ist in der letzten Zeit nichts weggekommen, davon hätte ich gehört.«

»Ach!« Falk lächelte süffisant.

»Nein, wirklich Falk, das kannst du mir glauben, das wüsste ich. Auch, wenn ich momentan sehr beschäftigt bin. Ist in der ›Steaktafel‹ denn schon jemand beklaut worden?«

»Nein, das ist ja das Seltsame. Fast in allen Restaurants und Cafés, nur hier bei uns nicht. Der Dieb schlägt nur in den noblen Lokalen zu. Aber dazu gehört mein Restaurant nun schließlich auch.«

»Vielleicht findet der Dieb das nicht.«

»Die Retourkutsche habe ich verstanden. Aber im Ernst, mittlerweile entwickelt sich das Ganze zu einem Riesenproblem. Es gibt Gerüchte, dass es jemand von meinem Personal sein könnte, wenn hier nichts passiert.«

Garco kam mit dem Putztuch in der Hand auf sie zu. »Herr von Lambert, das können die doch nicht wirklich glauben?«

»Ich glaube das nicht, aber es entbehrt auch nicht einer gewissen Logik. Warum sonst wird bei uns nicht gestohlen? Das ergibt keinen Sinn, oder? Es sei denn, ich bin der Dieb.«

Alle lachten.

»Vielleicht hättest du Kommissar werden sollen«, sagte Adrian.

»Oder … der Dieb kennt hier jemanden im Restaurant.« Alle sahen Sven an. »Kann doch sein, ein Freund des Hauses sozusagen und er will nicht, dass die ›Steaktafel‹ in Verruf gerät.«

»Ich glaube eher, dass es ein Unbekannter ist«, sagte Falk.

»Woher weißte denn, dat es ein Kerl ist?«

»Das weiß ich nicht Marlene. Damit hast du recht, es kann genauso gut eine Frau sein oder vielleicht sind es mehrere Personen. Ich weiß nur, es schadet meinem Restaurant. Das behagt mir ganz und gar nicht.«

»Also letztens … da war eine Frau bei mir am Stand, die kommt ab und zu mal vorbei. Wie die heißt, weiß ick aber nicht. Na, auf jeden Fall, hat die Pommes gegessen, wie immer mit doppelt Ketchup. Als die bezahlen wollte, da rutschte ihr dat Portemonnaie aus der Hand auf den Tresen. Etliche Scheine fielen raus. Ick hab nicht schlecht gestaunt. Also ick sag mal, dat waren mindestens zweitausend. Kann ja Zufall gewesen sein. Nur, so viel Bargeld, dat hat doch heutzutage keiner mehr. Sven, an dem Tag warst du doch auch am Stand, weißte noch?«

»Klaro! Die hatte einen riesigen Batzen Geld dabei.«

»Wie sah die Frau denn aus?«, fragte Falk.

»Na jut, die fällt nicht weiter auf. Schicken, schwarzen Hosenanzug, schwarze Haare. Ick schätze mal, so ein Meter achtzig und ganz hübsch.«

Alle beschäftigten sich in Gedanken mit der Verbrecherjagd und überlegten fieberhaft, ob sie die Frau schon einmal gesehen hatten. Niemandem fiel auf, dass Adrian blass um die Nase wurde.

»Es gibt eine Frau, die hier ab und zu Kaffee trinkt. Meistens isst sie ein Stück Torte dazu. Auf die passt die Beschreibung«, sagte Falk.

»Darf ich fragen, Herr von Lambert, ob es sich um die attraktive Schwarzhaarige handelt, die so gern Erdbeertorte isst?«

»Ja, Garco, genau die meine ich. Aber die kann es nicht sein, mit der habe ich mich ein paar Mal unterhalten. Sie macht auf mich nicht den Eindruck, als brauchte sie dringend Geld.«

»Sie ist auch nicht geizig mit dem Trinkgeld«, sagte Garco.

»Oh, die Probe fängt gleich an, ich muss los.« Adrian hatte es plötzlich eilig.

»Das muss ja nichts heißen, Chef. Ich glaube nicht, dass nur Leute klauen, die Geld brauchen. Im Fernsehen hab ich mal eine Reportage zu dem Thema gesehen. Da haben sie zum Beispiel gelangweilte Hausfrauen gefilmt, die so was machen, damit ihnen zu Hause nicht die Decke auf den Kopf fällt«, sagte Sven.

»Sie sieht mir aber nicht wie eine gelangweilte Hausfrau aus«, warf Falk ein.

»War ja nur so eine Idee.«

»Ich würde sagen, wir halten alle die Augen auf und wem etwas auffällt, der kommt zu mir, einverstanden?«, sagte Falk.

»Die kriegen wir! Verlasst euch drauf. So, jetzt hol ick mir die Milch aus der Küche und dann muss ick wieder rüber.«

Falk sah auf die Uhr. »So spät schon? Meine Freunde: It's showtime.«

29

*N*ach dem Termin mit Frau Schuffenhauser saß Gero in seinem Büro auf der Designer-Couch und genehmigte sich einen schottischen Whisky. Die Sonne senkte sich am Horizont. Frau Luft und alle anderen Mitarbeiter hatten schon lange Feierabend.

Er war zufrieden mit dem Tag. Allerdings dachte er öfter an Robina, als ihm lieb war. Der Kuss, den nicht er begonnen hatte, ging ihm nicht aus dem Kopf. Genauso wie der Brief. Er fragte sich immer wieder, ob er ihr trauen konnte. Gesagt hatte sie, dass sie den Brief nicht gelesen hatte. Das glaubte er allerdings nicht. Nüchtern betrachtet, auch wenn er das nach dem dritten Whisky nicht mehr war, kam er zu dem Schluss, dass er von Robina nichts zu befürchten hatte, selbst wenn sie den Inhalt des Briefes verstanden haben sollte. Er besaß schließlich die Fotos, die er von ihr beim Stehlen geschossen hatte. Ihren Blick, als er sie damit konfrontiert hatte, rief er sich noch einmal in Erinnerung – in ihm hatte sich blankes Entsetzen gespiegelt. Wahrscheinlich hatte sie nicht damit gerechnet, dass ihr jemand auf die Schliche kommen könnte. Wer weiß, seit wann sie auf die Art und Weise schon ihren Lebensunterhalt verdient. Vielleicht damit angefangen, nachdem sie arbeitslos geworden war. Oder sie hatte immer schon nebenher gestohlen.

Bei seinen Erkundigungen über sie hatte er herausgefunden, dass es die Firma, in der sie zuletzt gearbeitet hatte, nicht mehr gab. Sie war der Finanz- und Wirtschaftskrise 2008 zum Opfer gefallen. Vielleicht hatte man sie deshalb entlassen, der Zeitpunkt passte. Aber vielleicht kam auch eines zum anderen. Er trank den letzten Schluck Whisky und erschrak darüber, wie viele Gedanken er sich über die Frau machte. Ein Blick auf die Uhr verriet ihm, dass er ungewöhnlich lange hier gesessen und an Robina gedacht hatte.

***

Seit Stunden saß Robina vor ihrem Laptop. Sie las den Brief von Frau Schuffenhauser an Herrn Koning erneut. Im Prinzip sagte die Ministerin nur zu, den Vertrag zu unterschreiben, den Gero ihr geschickt hatte, und sie bestätigte den vorgeschlagenen Termin zur Unterzeichnung. Der Termin war heute. In einem Nebensatz stand, dass die Politikerin ihre Stimme für ein Navigationsgerät zur Verfügung stellen wollte, das die Target AG in ein paar Monaten auf den Markt brachte. So weit die Fakten. Nur erklärten die nicht, warum er den Brief so unbedingt zurückhaben wollte.

Den ganzen Tag lang kämpfte sie mit realen und diffusen Ängsten. Der Überfall in der Hauseinfahrt gestern Abend, der Kuss, der ihr immer noch Rätsel aufgab. Heute Morgen dann noch der Brief vom Jobcenter. Vor ihrem geistigen Auge sah sie sich schon in einer muffigen Hochhauswohnung sitzen.

Sie brauchte jemanden, mit dem sie über alles reden konnte, schoss es ihr durch den Kopf. Zuerst kam ihr Christa in den Sinn, wie oft in der letzten Zeit. Müsste sie nicht bald zurückkommen? In den letzten Tagen war so viel passiert, die Zeit verflog wie im Flug. Sie wählte Christas Nummer. Als sie Christas Stimme hörte, war sie erleichtert.

»Christa hier.«

»Hier ist Robina. Störe ich gerade?«

»Nein, meine Liebe, du störst mich nie.«

»Ich muss dir unbedingt was erzählen. Gero hat …«

»Ach! Ihr duzt euch?«

»Nein. Das heißt, ich nenne ihn mittlerweile in meinen Gedanken so. Vielleicht kommt mir sein Vorname persönlicher und nicht so bedrohlich vor.«

Robina schilderte Christa die neuesten Ereignisse und hörte, wie ihre Freundin wiederholt hörbar ein- und ausatmete.

»Nun, das ist nicht gut, dass er die Fotos von dir hat.«

»Ja, das beunruhigt mich auch.«

»Und mit dem Brief stimmt doch irgendwas nicht!«

»Ich versuche seit Stunden herauszubekommen, was so brisant daran sein kann. Bislang hab ich nur einen interessanten Bericht gefunden. Frau Schuffenhauser hat einen Politiker aus ihrer Partei angegriffen, weil er für einen Autokonzern Werbung gemacht hat und dafür viel Geld kassiert hat. Das ist, laut Frau Schuffenhauser, nicht vereinbar mit der Philosophie der Partei und kommt beim Wähler nicht gut an.«

»Das könnte eine Erklärung dafür sein, warum er den Brief geheim halten will. Für die Presse ist die Tatsache, dass die Ministerin ihre Stimme für ein Navigationsgerät hergibt, doch ein gefundenes Fressen.«

»Stimmt, Christa. Daran hab ich noch gar nicht gedacht. Stell dir mal vor, wenn das Navi auf den Markt kommt, das schlägt bestimmt ein wie eine Bombe.«

»Genau. Ich schätze, damit verdient er enorm viel Geld.«

»Ja. Du, ich glaube aber, der hat seine Schäfchen schon lange im Trockenen. Ich hab etliche Berichte über die Erfolgsgeschichte der Target AG gelesen. Ihm gehören die meisten Aktien. Irgendwelche Geldsorgen hat der nicht.«

»Das heißt aber nicht, dass er nicht gern noch mehr Kohle hätte. Du weißt doch, wie das ist … die, die viel haben, wollen auch immer mehr.«

»Meine Oma hat immer gesagt: Geld haben kommt von Geld behalten.«

Christa lachte. »Siehst du. Lebt deine Oma noch?«

»Nein, schon lange nicht mehr. Sie besaß einen Krämerladen in dem Ort, in dem ich aufgewachsen bin. Sie ist damit zwar nicht reich, aber doch wohlhabend geworden. Damals mochte ich die Spar-Generation nicht, die nicht im Heute lebt und sich zu viele Sorgen um das Morgen macht. Aber heute muss ich zugeben, dass es in meiner jetzigen Situation nicht schlecht wäre, zumindest ein kleines finanzielles Polster zu haben.«

»Du findest garantiert bald einen Job, davon bin ich fest überzeugt.«

»Mhm. Mich würde mal interessieren, wie viel die Ministerin für ihre Stimme in dem Navi bekommt.«

»Das erfahren wir wohl nie, aber wenn das Navi auf dem Markt erscheint, ist der Ärger in ihrer Partei doch vorprogrammiert.«

»Aber ich kann mir nicht vorstellen, dass das der einzige Grund ist, warum Gero den Brief unbedingt zurückhaben wollte. Ich hab die Internetseite der Target AG studiert. Merkwürdig ist, dass dort nichts von einem neuen Navi steht. Im Gegenteil, vor einem Monat kam gerade erst das Target S 105 auf den Markt und so schnell kann es doch nicht schon wieder eine neue Version geben. An einer Stelle hab ich einen Hinweis gefunden, dass im Schnitt einmal im Jahr mit einer neuen Version vom Target S zu rechnen ist.«

»Nun, vielleicht installieren sie im Nachhinein die Stimme der Ministerin auf dem letzten Navi?«

Robina nahm den Brief zur Hand. »Nein, in dem Brief steht, es handelt sich um das Target S 106. Also die nächste Generation.«

»Dann kann es ja frühestens in elf Monaten auf den Markt kommen.«

»Ja, genau.«

»Viel Ahnung habe ich nicht von Navis, aber vielleicht nehmen sie so lange im Voraus die Stimme auf?«

»Glaube ich nicht. Kann ich aber auch nicht ausschließen. Vor ein paar Stunden wusste ich noch gar nichts über Navigationsgeräte, aber so weit bin ich noch nicht in die Materie eingedrungen. Ich recherchiere gleich noch mal weiter.«

»Da bin ich gespannt, ob du noch mehr herausbekommst.«

»Ich ruf dich an, wenn ich was Interessantes finde.«

»Du, in zwei Tagen komme ich zurück. Ich wollte dir sowieso noch Bescheid sagen.«

»Ach, das ist schön.«

»Bis dann.«

Robina öffnete erneut ihren Laptop. Auf der Internetseite der Target AG kam sie nicht weiter. Außerdem blieb ihr Blick immer wieder bei einem Foto von Gero hängen, das unter der Rubrik ›Vorstand‹ hing. Das Foto hatte bestimmt ein professioneller Fotograf erstellt, die Aufnahme war sehr gut. Aber nicht nur die Qualität des Fotos ließ sie immer wieder dort verharren ...

Abwechselnd klickte sie Berichte über die Ministerin und über Gero an. Vor einem halben Jahr hatte Frau Schuffenhauser den Chef des Konzerns Zieger sehr verärgert. Mit ökologischen Auflagen hatte sie den Bau einer Fabrik verhindert. Seitdem waren die beiden erbitterte Feinde. In den Zeitungen gab es Artikel über verbale Schlammschlachten, die die zwei sich von Zeit zu Zeit lieferten. Auch die Gattin des Konzernchefs mischte ordentlich mit. Sie hatte Frau Schuffenhauser in einer Talkshow als Ökotusse beschimpft. Ob es da einen Zusammenhang zu dem Brief gibt?

30

*S*ven kam ausnahmsweise zu früh in der ›Steaktafel‹ an, sein Dienst begann erst in einer Stunde.
Der Wetterbericht hatte Regen vorhergesagt. Im Regen-
radar hatte er gesehen, dass sich eine dichte Wolkenfront
auf Berfurt zubewegte. Da fuhr er lieber eher mit dem
Fahrrad los und kam im Trockenen an. Leider klappte
das heute nicht, auf den letzten Metern setzte ein Platz-
regen ein. Zum Glück hielt seine Jacke dem Regen stand.

Der Chefkoch stand schon am Herd und bereitete
das Mittagsmenü vor. Er beneidete ihn und würde gern
an seiner Stelle dort stehen und kochen, aber das ging
nicht.

Einmal hatte er es probieren dürfen. Nachdem er
Herrn von Lambert wochenlang bekniet hatte, stimmte
er endlich zu, dass Sven an einem Tag, an dem nicht viel
Betrieb war, es zusammen mit dem Chefkoch testen
könnte. Leider war der Versuch missglückt. Er hatte sich
damals riesig gefreut, war dann aber zu nervös. Hinterher musste er zugeben, dass er sich ungeschickt angestellt hatte. Zum krönenden Abschluss hatte er einen
Topf mit dem Hühnerfond fallen lassen. Der schwere
Topf war ihm aus der Hand gerutscht und der Fond
hatte sich auf dem Fußboden ausgebreitet. Eine zweite

Chance wollte ihm sein Chef bislang nicht geben, aber er gab nicht auf. Von Zeit zu Zeit sprach er Herrn von Lambert auf das Thema an.

Bevor er seine Regenjacke auszog, wollte er die Mülleimer einsammeln, um sie draußen auszuleeren. Herr von Lambert hasste volle Mülleimer. Hinter dem Tresen fing er an. Als er am Büro seines Chefs vorbeiging, drückte er die Klinke herunter und staunte, dass die Tür sich öffnen ließ. Vielleicht hatte sein Chef gestern bis spät in die Nacht gearbeitet und vergessen abzuschließen. Umso besser, dachte er, dann kann ich den Müll gleich mitnehmen. Auf dem Schreibtisch stand noch der Teller mit dem Essen, das er ihm gestern Abend gebracht hatte. Das Steak hatte er nicht mal angerührt. Verwundert entsorgte er alles im Mülleimer und knotete den Plastikbeutel oben zusammen. Dabei fiel ihm ein, dass er schon oft Essensreste im Büro seines Chefs gesehen hatte. Vor allem Fleischreste. Merkwürdig, den Koch lobt er jeden Tag wegen der vorzüglichen Steaks. Warum isst er die dann nicht?

Er entsorgte die Mülltüten draußen in der großen Tonne und war froh, als er im Personalraum endlich die Regenjacke ausziehen konnte. Mit seinem Smartphone setzte er sich an den Tisch.

Garco kam mit einem triefnassen Regenschirm in der Hand herein. Ihn schien das Wetter nicht aus der Ruhe zu bringen.

»Na, Sven, wem schreibst du denn schon wieder?«

»Nee, ich schreibe nichts. Ich spiele. Nur noch fünfhundert Punkte, dann hab ich den Highscore geknackt.«

»Ihr mit euren Handys heutzutage.«

»Wieso? Macht doch Spaß.«

»Dann pass mal auf, dass du nicht zu spät in die Küche kommst.«

»Klaro, zehn Minuten hab ich noch. Außerdem hab ich vorhin schon die Mülleimer ausgeleert – vor Dienstbeginn.«

»Na, dann wollen wir mal den Abfallentsorgungsorden für dich vorbereiten.«

»Sehr witzig. Sag mal, Garco, meinst du, unserem Chef schmecken die Steaks aus unserer Küche?«

»Was ist das denn für eine Frage?«

»Na, gestern hab ich ihm wieder ein Steak in sein Büro gebracht. Er isst doch oft dort, wenn er wenig Zeit hat. Aber meinst du, es schmeckt ihm auch?«

»Ja, natürlich, unsere Steaks schmecken vorzüglich. Viele unserer Gäste kommen nur deshalb in die ›Steaktafel‹. Und Herr von Lambert lobt den Koch oft für die gelungenen Steaks.«

»Das weiß ich. Aber glaubst du, dass das auch stimmt?«

»Warum sollte das nicht stimmen, Sven?«

»Mhm.«

Garco rieb sich mit einer Hand über die Stirn. »Letztens habe ich gehört, wie Herr von Lambert mit der Schwarzhaarigen geredet hat. Weißt du, die, die alle verdächtigen, sie könnte die Diebin sein.«

»Die, die Marlene und ich mit dem vielen Bargeld gesehen haben?«

»Ja, genau die. Herr von Lambert hat sich länger mit der Frau unterhalten. Ich hab im Vorbeigehen mitbekommen, wie sie über Vegetarier und Veganer diskutiert haben. Aber das ist unser Chef ja beides nicht.«

Sven dachte nach. »Hast du schon mal gesehen, wie er ein Steak isst?«

»Was? Heute stellst du aber komische Fragen. Ich beginne mal mit meiner Arbeit.« Garco sah auf die Uhr. »Und du solltest das allmählich auch.«

Sven sprang auf und eilte in die Küche.

31

*D*as Mittagsgeschäft ging wie im Flug vorüber. Am späten Nachmittag hörte Sven, wie Herr von Lambert sein Essen beim Chefkoch bestellte. Entrecote mit viel Salat. Das Gericht stand in der Mittagskarte und hatte allen Gästen vorzüglich geschmeckt. Sven richtete den Salat an und wartete auf das fertig gebratene Fleisch.

»Ich bring das eben weg. Garco hat genug zu tun.«

Der Koch nickte.

Seit der Unterhaltung mit Garco am Vormittag bekam er seine absurde Vermutung nicht mehr aus dem Kopf. Er klopfte an die Bürotür.

»Immer herein«, sagte Herr von Lambert. »Ah, die Küche serviert heute persönlich. Du kannst es einfach dort abstellen.«

Er stellte wie befohlen alles auf dem Schreibtischrand ab und wartete. Sein Chef sah ihn an.

»Danke, Sven.«

Wie angewurzelt blieb er stehen.

»Ist noch etwas?«

»Nein Chef.«

Herr von Lambert sah ihn eindringlich an. »Du kannst dann gehen.«

»Ähm, ja, aber, na ja.« Er trippelte von einem Fuß auf den anderen. So ein Mist, jetzt weiß ich nicht, was ich sagen soll. »Also, ich hab über das Gespräch nachgedacht.«

»Was für ein Gespräch?«

»Ach so, ja, letztens, als wir alle vorne am Tresen Kaffee getrunken haben. Da ging es doch um die schwarzhaarige Frau, die Marlene am Stand mit viel Bargeld gesehen hat.«

»Von der alle glauben, sie könnte die Diebin sein?«

»Ja, genau die.«

»Was ist mit ihr? Hast du sie gesehen?«

»Ja, nein … meine ich. Aber ich dachte, wenn sie das nächste Mal hier auftaucht, könnten wir sie im Auge behalten?«

»Du meinst, wir könnten Kommissar spielen und sie verfolgen, so wie im Krimi?«

»Ja, das ist doch eine Möglichkeit, um sie zu schnappen.«

»Nein, das ist keine Möglichkeit. Wir wissen nichts über die Frau und vor allem wissen wir nicht, ob sie irgendetwas mit den Diebstählen zu tut. Das überlassen wir der Polizei, die kennt sich damit aus.«

»Aber, wenn sie die Diebin ist und wir sie erwischen, oder ich alleine, wäre das doch gut für die ›Steaktafel‹.«

»Das wäre gut für uns, ja. Aber wie gesagt, wir verfolgen niemanden und mit ›wir‹ meine ich, dass auch du sie in Ruhe lässt.«

»Klaro, hab ich verstanden.« In was hab ich mich da jetzt hineingequatscht. Dann fiel ihm sein ursprünglicher Plan wieder ein. »Wollen Sie gar nichts essen? Wird doch alles kalt?«

»Doch, doch, gleich.«

Unentschlossen stand er herum. Herr von Lambert schaute ihn an, widmete sich aber nicht dem Essen. Ihm fiel kein plausibler Grund mehr ein, länger hier herumzustehen, und ging zurück in die Küche.

Falk schob das Entrecote auf dem Teller beiseite und probierte den Salat. Nach einigen Bissen hielt er inne. Was hatte Sven vorhin zu ihm gesagt? Nun, gesagt hatte er eine Menge, über die angebliche Diebin. Er wusste nicht warum, aber irgendwie beschlich ihn ein ungutes Gefühl. Erst hatte er befürchtet, der Junge würde wieder davon anfangen, ob er nicht Koch werden könnte, doch das Thema hatte er mit keiner Silbe erwähnt. Außerdem hatte er die ganze Zeit auf das Steak gestarrt. Merkwürdig, wirklich merkwürdig, dachte er. Und dann noch der Hinweis, dass mein Essen kalt wird …

32

*R*obina verbrachte einen weiteren Tag vor ihrem Laptop mit der Recherche über Gero und die Politikerin. Das viele Lesen über den undurchsichtigen Kafka-Leser beruhigte sie. Sie bekam dadurch das Gefühl, ihre Angst in Schach halten zu können. Wiederholt fragte sie sich, ob Gero ihr feindlich gesonnen war und sie doch noch bei der Polizei anzeigen würde, fand aber keine Antwort.

Einen Absatz in einem Artikel über die Target AG las sie nun schon zum dritten Mal, ohne den Inhalt zu verstehen. Ihr fielen fast die Augen zu und es gelang ihr nicht, sich weiterhin zu konzentrieren. Jetzt brauchte sie dringend Ablenkung und stellte den Laptop aus. Der ideale Augenblick, um sich dem Malen zu widmen. Sie zog ihre uralte Lieblingsjeans an, auf der etliche Farbkleckse klebten, die selbst dem hartnäckigsten Waschgang standhielten. In ihrem Atelier platzierte sie eine große Leinwand auf der Staffelei. Abhängig von ihrer Stimmung wählte sie die passenden Farben und legte den Fußboden mit Zeitungspapier aus. Erfahrungsgemäß traf sie beim abstrakten Malen nicht nur das Bild, sondern es landete auch Farbe neben der Staffelei. Sie drehte die Stereoanlage so laut auf, wie es eben vertretbar war, ohne dass sie Ärger mit den Nachbarn bekam, und malte los. Hier ein Pinselstrich und dort einer, dann verschmierte sie an einer Stelle die Farbe mit den Fingern. Sie ließ ihren Emotionen freien Lauf und es gelang ihr mühelos, alle Gedanken beiseitezuschieben. Zwei Stunden später war das Bild fertig.

Sorgfältig säuberte sie alle Pinsel, damit die Farbe nicht eintrocknete. Danach stellte sie das Bild auf den Boden und lehnte es vorsichtig an die Wand. Mit einem Glas Rotwein setzte sie sich auf den Boden und betrachtete es. Das tat sie oft nach dem Malen. Ordnung oder Strukturen erkannte sie nicht, es vermittelte eher viel Chaos. Nachdem sie es lange angesehen hatte, bemerkte sie, dass es ungewöhnlich viel Rot enthielt. Oder besser gesagt, viele verschiedene Rottöne, unter denen eine Nuance Blau durchsickerte. Das Bild sprühte vor Energie, Aggression und ein Hauch von etwas anderem …

Das Malen hatte ihr gutgetan, ihr Gedankenchaos im Kopf war verschwunden. Vielleicht fiel ihr deshalb der Artikel wieder ein, den sie in der Frauenzeitschrift im ›Café Stressless‹ gelesen hatte. Über das neue spezielle Navigationsgerät, für das man seine eigene Stimme im Studio aufnehmen ließ, um es zu verschenken. Im Internet hatte sie dazu allerdings nichts Spannendes entdeckt. Bei Youtube war sie auf ein interessantes Video gestoßen, in dem die Gattin von Herrn Zieger zu sehen war – jenem Konzernchef Zieger, der sich mit Frau Schuffenhauser überworfen hatte.

Frau Zieger grinste in dem Interview mit ihren leuchtend weißen Zähnen in die Kamera und erzählte, dass sie für ihren Mann zum sechzigsten Geburtstag ein ganz besonderes Geschenk vorbereitet hätte. Auf

Nachfrage des Reporters, was es denn sei, hüllte sie sich in Schweigen, ließ aber in einem Nebensatz eine Bemerkung zu einer Politikerin fallen. Der Reporter verstand die Anspielung nicht und wechselte das Thema.

Robina dachte intensiv darüber nach, zählte eins und eins zusammen und fasste einen Entschluss.

Am nächsten Tag war sie immer noch von ihrem Vorhaben überzeugt und packte entschlossen Perücke, Brille und Schminke in die Tasche. Vor ihrem geöffneten Kleiderschrank überlegte sie lange, was sie anziehen sollte, und entschied sich schließlich für einen dunkelblauen Hosenanzug. Dazu passte ihre beige Seidenbluse hervorragend.

Schnell trank sie den letzten Schluck Kaffee, der vom Frühstück übrig geblieben war, hielt an der Wohnungstür kurz inne und warf einen kurzen Blick in ihr Atelier. Das Bild, das immer noch an der Wand lehnte, gefiel ihr ausgesprochen gut.

Im Zug durchdachte sie noch einmal genau ihren Plan. Die Fahrt bis Berfurt kam ihr heute sehr kurz vor. Im Bahnhof steuerte sie die Toilette an und zog sich um. Als Nächstes deponierte sie wie immer ihre Tasche im Schließfach und machte sich auf den Weg. Ich lasse mich von dem doch nicht einschüchtern!

33

*N*ach einem anstrengenden Vormittag mit kräfte-
zehrenden Meetings beschloss Gero heute ausnahmsweise, in seinem Büro eine Kleinigkeit zu Mittag
zu essen. Hinterher wartete eine wichtige Kalkulation
auf ihn. Das Essen, das Frau Luft für ihn aus der Kantine geholt hatte, stand vor ihm auf dem Tisch. Leider
ohne Besteck. Sie hatte es wohl vergessen. Jetzt hatte sie
Pause. In der oberen Etage gab es lediglich eine Kaffee-
küche, aber keine Messer und Gabeln. Die fünf Stock-
werke ging er zu Fuß hinunter und holte im Erdgeschoss
in der Kantine, was er brauchte. Den Aufzug benutzte er
nie. Er war sehr klaustrophob, niemand ahnte etwas
davon. Alle wussten, dass er aus sportlichen Gründen
die Treppen nutzte. Bislang hatte ihn noch nie jemand
darauf angesprochen.

Seine Gedanken schweiften ab, zu dem Loft, in dem
er mit seinen Eltern gelebt hatte. Es lag in der obersten
Etage eines sanierten Fabrikgebäudes. Eine große Dachterrasse gehörte dazu, auf der er mit den Eltern zusammen gegessen hatte. Nach ihrem Tod hatte er oft an die
sorglosen Stunden auf der Terrasse zurückgedacht. Besonders die lauen Sommerabende und der Geruch von

Gegrilltem blieben ihm als unbeschwerte Zeit in Erinnerung.

Seine Großmutter holte ihn nach dem Unfalltod seiner Eltern aus dem Loft ab. Seine Koffer und ein paar Umzugskartons trugen sie in den Aufzug und quetschten sich mit hinein. An dem Tag blieb der Aufzug zum ersten Mal stecken. Fünf Stunden dauerte es, bis der Notdienst es geschafft hatte, sie zu befreien. Fünf endlose Stunden, in denen er Todesängste ausstand. Vorher war er jeden Tag problemlos mit dem Aufzug gefahren. Doch an dem Tag saß er mit angezogenen Beinen auf dem Boden, an einen der Koffer gelehnt, und schaffte es nicht, die Tränen zurückzuhalten. Die Techniker, die den Aufzug reparierten, fanden ihn genauso vor und lachten ihn aus. Sie wussten nicht, dass er seit drei Tagen Vollwaise war.

Seitdem hatte er nie wieder einen Fuß in einen Aufzug gesetzt. Für ihn war der stehen gebliebene Aufzug gleichbedeutend für die negative Veränderung in seinem Leben. Unbewusst befürchtete er, wenn er heute in einen Aufzug stieg, könnte es erneut eine negative Wendung in seinem Leben geben. Ihm war bewusst, dass die Gedankengänge irrational waren, schaffte es aber nicht, gegen sie anzukommen. Er zog es weiterhin vor, die Treppen zu nehmen. Vielleicht sollte ich …

Sein Smartphone klingelte und auf dem Display leuchtete Falks Name.

»Hallo, Falk.«

»Sieh an. Das ist ja selten, dass ich dich sofort an den Apparat bekomme.«

»Ich wollte gerade mittagessen.«

»Da möchte ich nicht lange stören. Wie wäre es, wenn du heute Abend auf ein Glas Wein im Restaurant vorbeikommst?«

»Das klingt verlockend. Deine Einladung kommt heute genau richtig.«

»Geht's dir nicht gut? Irgendwie hört sich deine Stimme seltsam an.«

»Ach, na ja. Du, ich war in Gedanken, als du angerufen hast.«

»Über die neuesten Börsenkurse?«

»Nein, stell dir vor, ich denke auch manchmal an Dinge, die nichts mit dem Geschäft zu tun haben.«

»Wieso beruhigt mich das jetzt?«

»Der ganze Tag verlief bislang unerfreulich. Anstrengende Termine den ganzen Vormittag. Heute Morgen fing der Tag direkt mit einem Streit mit meiner Frau an.«

»Oh, das ist böse. Worum ging es?«

»Um Geld, wie immer.«

»Frauen sind teuer, mein Freund.«

»Dabei weiß ich noch nicht mal, wofür sie wieder so viel Geld braucht. Wahrscheinlich ist das Pferd wieder krank. Das Tier kostet mich ein Vermögen.«

»Ich verstehe ehrlich gesagt nicht, warum du noch mit ihr zusammen bist.«

»Zusammensein ist definitiv das falsche Wort. ›Zufällig zusammen in einem Haus wohnen‹ trifft es eher.«

»Hast du mir nicht mal erzählt, dass sie dich betrügt?«

»Ja, ich glaube schon. Ehrlich gesagt, ist es mir egal.«

»Wenn es dir egal ist, brauche ich dich wohl nicht zu fragen, ob du sie noch liebst.«

»Mhm.«

»Vielleicht solltest du doch mal über eine Scheidung nachdenken.«

»Vielleicht.«

»Mein nächster Termin wartet. Wir sehen uns heute Abend?«

»Ja. Bis dann.«

Das mittlerweile kalte Essen schob er zur Seite, davon würde er keinen Bissen mehr anrühren.

Er beschloss, dass die Kalkulation warten konnte, zog sein Jackett an und ging zum Pommesstand von Marlene. Sein letzter Besuch lag lange zurück. Den Abstecher in der Verkleidung zählte er nicht mit. Wenn er daran dachte, musste er immer noch schmunzeln. Der Umweg hatte sich gelohnt.

»Hallo, Marlenchen, hast du eine schöne, heiße Pommes für mich?«

»Ach, da sieh mal einer an, der Herr Navigator. Da freu ick mich aber.«

Er hatte ihr schon ein paar Mal erklärt, dass ein Navigator auf einem Schiff arbeitet, seine Firma hingegen Navigationsgeräte herstellt. Doch Marlene behielt den Spitznamen für ihn bei.

»Marlene, weißt ja, wie das ist mit den Terminen in meinem Geschäft. Manchmal beneide ich dich, du brauchst nur jeden Tag deinen Stand aufmachen und alle kommen zu dir und kaufen Bratwurst.«

»Na, dat stell dir mal nicht so einfach vor, mein Junge.«

»Nein, nein, Marlene, ich weiß, dass du jeden Tag hart arbeitest.«

»Jut.«

»Und? Wie läuft es sonst so bei dir? Gibt's was Neues?«

»Och, nix Besonderes. Ist nichts passiert. Na jut, dat mit die Schmierereien an die Autos und mit die Diebstähle hier im Viertel, dat haste aber schon gehört, oder?«

»Ja, hab ich. Gibt es irgendwelche Anhaltspunkte, wer die Täter sind?«

»Nee, zumindest mit die Schmierereien nicht. Wer dat mit dem Klauen ist, da haben wir eine Vermutung.«

Gero horchte auf. »Ja? Wer ist es denn?«

»Na jut, wissen tun wir nix. Aber ich hab da letztens eine Frau hier am Stand bedient, die hatte richtig viel Bargeld bei sich. Ist ihr aus dem Portemonnaie gefallen, da hab ick es gesehen. Der Sven war auch dabei.«

»Das heißt doch nichts, Marlene, viel Geld haben hier viele.«

»Nee, nicht so viel Bargeld. Dat macht doch fast keiner mehr. Selbst hier am Stand holen immer mehr zum Bezahlen dat Plastik raus.«

»Wie sieht die Frau denn aus?« Er konnte sich die Antwort denken.

»Hübsch sieht die aus. Lange schwarze Haare, ganz schick angezogen. Wie die Geschäftsfrauen hier eben so rumlaufen.«

»So sehen viele aus, Marlene.«

»Jut, aber der Falk hat sich mal mit ihr unterhalten. Der weiß, wie sie aussieht.«

»Hat die Frau denn in den letzten Tagen noch mal jemand gesehen?«

»Nee, aber wir halten die Augen offen. Der Sven von drüben, der spielt Detektiv. Weißt doch, der möchte doch lieber auch mal kochen, nur der Falk lässt ihm ja nicht. Der denkt, wenn er die Frau findet, ist Falk beeindruckt.«

»Wieso? Was hat denn die ›Steaktafel‹ mit der Sache zu tun?«

»Na, weißte dat noch nicht? Bei Falk ist bislang nix weggekommen und da denken die anderen hier im Viertel, es könnte jemand von seinen Angestellten dahinterstecken.«

»Das ist in der Tat merkwürdig. Ausgerechnet bei Falk. Seine Kundschaft ist immerhin genauso betucht wie die, die in den anderen Restaurants und Cafés hier in der Gegend verkehren.«

»Na siehst du, sag ick doch.«

»Hat eigentlich irgendjemand die Polizei eingeschaltet?«

»Nee, dat wollen ja die Restaurantbesitzer alle nicht. Nachher kommt es noch in die Presse. Dat ist ja auch nicht gut fürs Geschäft. Aber lass mal, die kriegen wir, ick pass auf.«

34

*H*err Koning, es tut mir leid«, sagte Frau Luft.
»Ach, Frau Luft, das macht doch nichts. Ich hab mir Besteck aus der Kantine geholt.«

Seine Sekretärin sah ihn verwirrt an. »Besteck? Ich rede von der Frau. Sie hat unten einen Riesenaufstand gemacht und ließ sich nicht abwimmeln. Herr Hagen an der Rezeption wollte den Sicherheitsdienst rufen, aber genau in dem Moment fuhr der neue Kunde aus Süddeutschland vor. Der ist heute im Vertrieb zu Besuch. Damit die Person Ruhe gibt, hat Herr Hagen sie kurzerhand raufgeschickt.« Endlich holte Frau Luft einmal Luft.

»Beruhigen Sie sich erst mal. Wie heißt die Frau denn?«

»Moment, ich hab es notiert.« Sie warf einen Blick auf den Notizblock. »Hood, also Frau Hood. Ich hab ihr gesagt, dass sie ohne Termin keine Chance hat, Sie zu sprechen. Doch sie sagte, sie würde nicht eher gehen, bis sie mit Ihnen gesprochen hätte. Ich hab ihr erklärt, dass Sie gar nicht im Haus sind.«

»Wo ist Frau Hood jetzt?«

»Im Besprechungsraum drüben. Dort wartet sie seit

einer Stunde. Kennen Sie die Frau denn? Soll ich vorsichtshalber dem Sicherheitsdienst Bescheid sagen?«

»Nein, geben Sie mir fünf Minuten.«

Er eilte in sein Büro. Warum kam sie hierher? Die Sache war für ihn erledigt. Er hatte sie nicht bei der Polizei angezeigt und damit seinen Teil der Abmachung erfüllt. Vielleicht hatte sie doch mehr vom Inhalt des Briefes verstanden? Wollte sie ihn erpressen? Nun, das würde er gleich herausbekommen.

»Frau Luft, Frau Hood kann jetzt zu mir kommen.«

»In Ihr Büro? Sind Sie sicher?«, fragte Frau Luft.

»Ja, in mein Büro.«

Er empfing Besuch nie in seinem Büro, sondern nur in den Besprechungsräumen.

Robina kam mit energischen Schritten herein. Er verschanzte sich hinter dem Schreibtisch und tat beschäftigt. Absichtlich ließ er einige Sekunden verstreichen, bevor er zu ihr aufsah. Sie stand entschlossen vor dem Schreibtisch und wich seinem Blick nicht aus. Im perfekt sitzenden Hosenanzug machte sie eine prima Figur und wirkte ausgesprochen attraktiv. Leider trug sie ihre Perücke. Er hätte sie lieber mit den echten roten Haaren gesehen. Vielleicht war sie vorher wieder unterwegs, um Leute zu bestehlen.

»Frau Hood, was führt Sie zur mir?«

»Ich möchte, dass Sie die Fotos von mir auf Ihrem Smartphone löschen!«

»So, so, Sie stellen Forderungen? Ich dachte, wir waren uns einig? Unsere Abmachung lautete: Sie geben mir den Brief und ich zeige Sie nicht an.«

»Ja, dem habe ich im ersten Moment sehr rasch

zugestimmt. Sie haben mich schließlich überfallen. Ich hatte Angst.«

Sie will mich doch erpressen, dachte er. »Ich habe Sie nicht überfallen. Ich wollte nur verhindern, dass Sie wieder wegrennen, wie an der Garderobe in der ›Steaktafel‹, als ich Sie mit Ihren Fingern in meiner Jacke erwischt habe!«

»Die Tatsache bleibt dieselbe, Sie haben mich überfallen und genötigt, Ihnen den Brief zu geben.«

»In meiner Erinnerung war es so, dass Sie mir, nachdem ich Ihnen die Fotos gezeigt habe, freiwillig den Brief ausgehändigt haben. Übrigens, einen Brief, den Sie mir gestohlen haben.«

»Sie haben mich mit den Fotos erpresst, da blieb mir keine andere Wahl, als den Brief zu übergeben. Und vorher sind Sie in meine Wohnung eingebrochen!«

»Können Sie das beweisen, Frau Hood?«

»Außerdem wollte ich den Brief nicht stehlen. Das ist nur aus Versehen passiert.«

»Aus Versehen? Sie meinen, als Sie aus Versehen in meinem Jackett herumgewühlt haben, als Sie aus Versehen meine Brieftasche stehlen wollten?«

»Nein, in der ›Steaktafel‹ arbeite ich nicht.« Sie biss sich auf die Unterlippe.

Beim Wort ›arbeiten‹ zog er eine Augenbraue in die Höhe. »Warum eigentlich nicht?«

»Das geht Sie nichts an!«

»Frau Hood, bitte kommen Sie zum Wesentlichen Ihres Besuches. Ich bin sehr beschäftigt, wie Sie sehen.«

»In dem Brief von Frau Schuffenhauser geht es noch um andere Dinge, nicht nur um die Tatsache, dass sie ihre Stimme für das neue Navigationsgerät hergibt.«

Er räusperte sich. »Sie haben den Brief also gelesen? Der Begriff des Briefgeheimnisses ist Ihnen auch fremd?«

»Das Kuvert war ja offen, als der Brief in meine Hände fiel.«

»Der Brief fiel nicht in Ihre Hände, sondern Sie haben ihn gestohlen.«

Eine Gesprächspause entstand. Er dachte fieberhaft nach. Wie sollte er vorgehen? Was wollte sie? Vor allem, wie viel wusste sie wirklich? Von den Geschäften mit den Ziegers konnte sie nichts wissen. Er musste zugeben, dass nicht nur ihr mutiger Auftritt ihm gefiel, sondern auch Robina selbst. Den Kuss hatte sie bislang mit keinem Wort erwähnt ...

»Wie wäre es mit einem Kaffee und wir besprechen alles in Ruhe?«

Sie sah ihn misstrauisch an, nickte aber.

»Wenn ich Sie dort hinüber bitten dürfte.« Er zeigte auf eine Designergarnitur in der Mitte des Büros.

Sie schaute sich im Raum um, bevor sie Platz nahm. »Ihr Büro ist fast so groß wie meine Wohnung.«

»Ich hab gern viel Platz um mich herum.«

Interessiert betrachtete sie das Gemälde an der Wand. »Ist das ein echter Müller-Majdandzics?«

»Wenn ich ja sage, versuchen Sie dann das Bild zu stehlen?«

»Nein. Ich male selbst. Müller-Majdandzics bewundere ich sehr. Daher weiß ich, was seine Originale kosten.«

»Wenn das so ist, kann ich es ja beruhigt hängen lassen. Und ja, es ist echt.«

»Wow! Darf ich mir das Bild mal genauer ansehen?«

»Ja, bitte.«

Sie betrachtete es eingehend. »Sehen Sie, Herr Koning, hier setzt der Künstler seine Gestaltungsprinzipien spielerisch um. Geschickt wechselt er bei der Konstruktion zwischen dreidimensionaler Zeichnung und flächigem Farbfeld. An den Verlaufsformen der Farbe können Sie sehen, dass der Maler kein Purist ist und man hier das konstruktiv Konkrete sehr gut erkennen kann.«

»Ich bin beeindruckt. Sie kennen sich aus. Kennen Sie auch den Maler Kritzewitz?«

»Ja, ich war mal in einer Ausstellung von ihm.«

»Ich bin sein Mäzen.«

Sie sah ihn erstaunt an.

»Gern würde ich mich noch länger mit Ihnen über Kunst unterhalten, aber deshalb sind Sie wohl kaum zu mir gekommen?«

»Wie gesagt, ich möchte, dass Sie die Fotos von Ihrem Smartphone löschen, damit Sie keine Beweise gegen mich in der Hand haben.«

»Wer garantiert mir denn, dass Sie keine Kopie des Briefes haben?«

»Ich garantiere Ihnen das.«

»Eine Diebin!«

»Es ist nicht so, wie Sie denken, Herr Koning.«

»Nein, wie ist es denn, Frau Hood?«

»Ich gebe zu, dass es nicht in Ordnung ist, was ich mache. Nur, Sie verdienen ein Vielfaches von dem, was mir im Monat zur Verfügung steht.«

»Das stimmt. Aber, ich war auch nicht immer

wohlhabend in meinem Leben und in der Zeit, in der ich mit wenig Geld auskommen musste, habe ich trotzdem niemanden beklaut.«

»Sie sprechen von der Zeit, in der Sie bei Ihrer Großmutter gelebt haben?«

Perplex hielt er einen Moment inne. »Sie haben über mich recherchiert? Das gefällt mir.«

»Selbstverständlich haben Sie recht, das ist kein Grund zu stehlen. Allerdings beklaue ich nur reiche Leute, deshalb arbeite ich ausschließlich im Businessviertel in Berfurt. Ich sehe mir die Menschen vorher genau an und achte darauf, welche Kleidung sie tragen, was für eine Uhr sie am Handgelenk haben und Ähnliches.«

»Interessante Vorgehensweise.«

»Am Anfang habe ich ein paar Mal in der Fußgängerzone gestohlen, hatte aber hinterher ein schlechtes Gewissen, weil ich nicht wusste, ob derjenige nicht in der gleichen Situation lebt wie ich.«

»Und Sie glauben die Tatsache, dass Sie nur vermeintlich Reiche bestehlen, spricht Sie von jeder Schuld frei?«

»Nein. Deshalb spende ich nach jedem Streifzug die Hälfte von allem, was ich erbeute, unter anderem an einen Verein gegen Kinderarmut. Das Geld bekommen dort Menschen, die es dringend brauchen. Kinder können schließlich nichts dafür, dass ihre Eltern vom Amt leben.«

Wirklich erstaunlich, dachte er. Sie verblüffte ihn zunehmend.

»Sie machen also Ihrem Nachnamen alle Ehre?«

»Ja, mein Nachname passt prima zu meiner Tätigkeit.«

»Dennoch sind es Diebstähle, auch wenn Sie durch die Spenden bei jedem Richter einen Sympathiebonus erhalten würden.«

»Sie zeigen mich doch nicht an?«

»Nein. Wenn Sie mir sagen, ob es Kopien von meinem Brief gibt?«

Beide sahen sich an. So kamen sie nicht weiter. Jeder misstraute dem anderen.

Robina hatte vorher genau geplant, was sie sagen wollte. Auch wenn Gero sie ein wenig aus dem Konzept brachte mit seiner bestimmenden, nachfragenden Art, versuchte sie sich nun wieder auf ihr eigentliches Vorhaben zu konzentrieren.

»Herr Koning, Sie werfen mir vor, dass ich eine Diebin bin. Nach dem Strafgesetzbuch bin ich das. Nur, was ist mit Ihnen?«

»Was soll mit mir sein? Ich bestehle niemanden.«

»Ihre Firma richtet sich immer nach dem Gesetz? Sie betrügen niemals bei Ihren Geschäften? Da sind Sie sich sicher?«

Er wich ihrem Blick sekundenlang aus. Sie hatte ihn aus der Fassung gebracht. Insgeheim freute sie sich darüber.

»Natürlich halten wir uns an die gesetzlichen Vorschriften.«

»Ihr Geschäft mit Frau Schuffenhauser und der Vertrag mögen legal sein, auch wenn die Ministerin sich damit viel Ärger einhandelt in ihrer Partei. Aber dass etwas an diesem Deal nicht stimmt, wissen wir ja beide.«

Sie sah Gero mit festem Blick in die Augen. Bloß nicht wegsehen. Ihr letzter Satz war reiner Bluff. Aber anscheinend fiel er darauf herein. Er runzelte die Stirn und sah sie besorgt an.

»Ich kann Ihnen nicht ganz folgen ...«

Ein lautes Klingeln unterbrach ihn. Er ging zum Schreibtisch, sah auf sein Smartphone und drückte den Anrufer weg.

»Also, ich habe keinen blassen Schimmer, wovon Sie sprechen, Frau Hood.«

Auf den Augenblick hatte sie gewartet. »Ach so, Sie machen nicht in Wirklichkeit zurzeit ein Geschäft mit den Ziegers, um genau zu sein, mit Frau Zieger?« An seinem stechenden Blick erkannte sie, dass sie ins Schwarze getroffen hatte.

»Sprechen Sie von der Frau des Konzernchefs? Ich kann mir nicht vorstellen, dass ausgerechnet ihre Stimme jemand aus dem Navi hören möchte?«

»Ich meine eher die Tatsache, dass Herr Zieger und Frau Schuffenhauser verfeindet sind. Seine Gattin liefert sich in aller Öffentlichkeit verbale Schlammschlachten mit der Ministerin. Da habe ich doch, rein zufällig natürlich, bei Youtube ein Video entdeckt. Frau Zieger kündigt dort ein sehr besonderes Geschenk für ihren Mann zum sechzigsten Geburtstag an. Was für ein Zufall, finden Sie nicht?«

»Ich sage es Ihnen noch einmal, Frau Hood, ich kann Ihnen nicht folgen.«

»Nehmen wir mal an, Sie könnten es, Herr Koning. Da frage ich mich doch, ob so ein bestimmt sehr teures Geschenk von Frau Zieger an ihren Gatten mit einem legalen Vertrag zustande gekommen ist? Oder ob dort nicht gemauschelt wurde? Weiterhin frage ich mich, ob Sie Frau Schuffenhauser nicht angelogen haben, damit sie den Vertrag unterzeichnet? Oder haben Sie ihr erzählt, dass ihre Stimme gar nicht für das nächste Navi der gängigen S-Serie aufgenommen wird, sondern in Wirklichkeit für das neu entwickelte, personalisierte NaviVocal herhalten muss, mit dem Frau Zieger ihren Gatten erheitern möchte? Und dass ihre Stimme in das NaviVocal für Herrn Zieger implementiert wird? Ich denke eher nicht. Sehen Sie und genau da sind wir wieder bei meiner nicht legalen Einnahmequelle. Sie, Herr Koning, verdienen eine Menge Geld mit einem Produkt, das es nur gibt, weil Sie die Ministerin belogen haben. Wobei ich davon ausgehe, dass Sie mit dem einen Navi mehr Geld einnehmen, als ich in diesem Jahr überhaupt schon auf meinen Streifzügen zusammengeklaut habe. Wo genau denken Sie, ist der Unterschied zwischen uns? Ich zitiere Brecht ›Was ist ein Einbruch in eine Bank gegen die Gründung einer Bank?‹«. Zufrieden lehnte sie sich zurück und lächelte ihn an.

35

*E*r musterte sie von oben bis unten. Zu gern würde sie wissen, was er dachte. In seinen Augen spiegelte sich Verärgerung ebenso wie Verblüffung.

»Falls Sie sich fragen, woher ich das weiß, das kann ich Ihnen gern erklären. In dem Brief stand im Betreff etwas vom Navi Target S 106. Turnusmäßig käme aber das nächste Navi erst in einem Jahr auf den Markt.«

»Falls an Ihren Behauptungen irgendetwas dran sein sollte, was haben Sie mit Ihrer Vermutung vor? Und liegen nicht Lüge und Wahrheit manchmal sehr nah beieinander, Frau Hood?«

»Ja, sehen Sie und so ist die Diebin nicht grundsätzlich ein schlechter Mensch, genauso wie der Betrüger ebenfalls bestimmt auch seine guten Seiten hat. Meinen Sie das, Herr Koning?«

»Ich würde sagen, wir haben einen Deal. Eine Hand wäscht die andere. Sie brauchen jetzt erst recht keine Angst mehr zu haben, dass ich Sie anzeige.«

»Gut.«

»Da wir uns nun einig sind, schlage ich vor, wir stoßen auf unseren Pakt an.«

Sie nickte.

»Ich glaube, Frau Luft hat schon Feierabend. Moment, ich bin gleich wieder bei Ihnen.«

Mit einer Flasche Champagner und zwei Gläsern kam er zurück. »Auf die wahre Lüge oder die gelogene Wahrheit«, sagte sie.

»Was malen Sie für Bilder, wenn ich fragen darf?«

»Meistens abstrakt, aber auch gegenständlich, je nach Stimmung.«

»Haben Sie Ihre Bilder schon einmal ausgestellt?«

Sie machte eine wegwischende Handbewegung. »Na, das wäre mal was. Nein, bislang noch nicht. Ich habe einmal in verschiedenen Galerien angefragt, aber als unbekannte Künstlerin hat man dort keine Chance. Zumal ich nicht Kunst studiert habe. Alle fragten sofort nach einem Studium. Als wäre das wichtig! Wenn ich Kunst studiert hätte, könnte ich dann besser malen?«

»Nein, wahrscheinlich nicht.«

»Wenn ich überhaupt malen kann. Ich habe keine Ahnung, ob ich wirklich Talent besitze.«

Er würde ihr gern sagen, dass er sie für talentiert hielt. Doch er wollte das heikle Thema seines Einbruchs in ihre Wohnung nicht ansprechen. Was mache ich hier eigentlich, dachte er. Champagner trinken mit einer Frau, die mich bestohlen hat?

»So, Frau Hood, ich muss mich wieder meinen Geschäften widmen …«

Sie stand auf, ging aber nicht zur Tür, sondern zur Fensterfront, neben dem Schreibtisch.

»Das ist ein toller Ausblick.«

»Ja, ich stehe auch oft genau an der Stelle und genieße die Aussicht.«

»Oh, da hab ich Ihnen jetzt den Platz weggenommen.«

Sie trat einen Schritt zur Seite und stieß an die Tischkante. Kurz geriet sie ins Strauchneln, aber er hielt sie am Arm fest. Das war so weit nicht ungewöhnlich. Ungewöhnlich war, dass er ihren Arm nicht losließ, sondern er zog sie an sich und küsste sie. Nach dem Kuss sahen sie sich kurz an, wie um das Einverständnis des anderen einzuholen und ließen ihrer Leidenschaft freien Lauf. Sie zog ihn auf den Schreibtisch. Er bahnte sich mit seiner Hand einen Weg unter ihre Bluse.

Robina wusste, dass es kein Zurück gäbe, wenn sie ihn jetzt nicht stoppte. Er hatte wohl ihr leichtes Zögern gespürt und hielt inne. Sie legte ihre Hand auf seine Brust und schob ihn sanft fort. Wortlos standen sie voreinander.

Sie küsste ihn auf die Wange. »Tschüss, Herr Koning.« Lächelnd verließ sie das Büro. Auf dem Flur holte sie erst einmal tief Luft, bevor sie in Richtung Aufzug ging. Was für ein Nachmittag!

Gero blieb wie angewurzelt stehen. Er konnte nicht fassen, was passiert war. Die gesamte Situation kam ihm absurd vor. Er musste Falk Bescheid sagen, dass er später kommen würde. Er suchte sein Smartphone, fand es jedoch nirgendwo. Blitzschnell rannte er auf den Flur und sah, wie sich die Aufzugstür schloss. Er sprintete zum Aufzug und versuchte, ihn aufzuhalten. Im letzten Moment flog die Tür auf. Er sprang hinein. Robina sah ihn überrascht an.

»Wo ist mein Smartphone?«

»Keine Ahnung.« Sie drückte auf die Taste für das Erdgeschoss.

»Es lag vorhin auf dem Schreibtisch, als …«

Er stockte. Erschrocken sah er, wie die Tür sich schloss. Der Aufzug setzte sich in Bewegung. Schlagartig trat ihm Schweiß auf die Stirn. Sein Herz raste. Alles verschwamm vor seinen Augen. Mit einem lauten Ruck blieb der Aufzug stehen. Panisch hämmerte er gleichzeitig auf alle Tasten.

»Gero? Was ist los mit dir?«

Er reagierte nicht. Sie schob ihn ein Stück zur Seite und löste den Notruf aus. Eine Stimme antwortete und versicherte, sie seien dabei den Aufzug zu reparieren. Es habe schon den ganzen Tag Probleme gegeben. »Warum sagt mir das denn keiner?«, schrie er. Niemand antwortete.

Sie schmiegte sich an ihn und küsste ihn. »Denk einfach an was anderes.«

Es gelang ihm, ihren Kuss zu erwidern und die Augen zu schließen. Langsam nahm die Panik ab, wobei sein Herz immer noch heftig schlug. Doch er wusste nicht, ob es an seiner Klaustrophobie oder an Robina lag. Sanft streichelte sie ihm unter dem Hemd über den Rücken. Er ließ eine Hand an ihrem Bein entlanggleiten.

Plötzlich hörte er hinter sich ein Räuspern. »Ähm, Herr Koning, der Aufzug ist dann jetzt wieder in Ordnung.«

Gero drehte sich um. Obwohl der Monteur zur Seite sah, erkannte er das breite Grinsen in seinem Gesicht.

Er begleitete Robina zum Ausgang und streckte ihr auffordernd eine Hand entgegen. Sie verstand die Geste und händigte ihm das Smartphone aus.

Benommen von der Fahrt im Aufzug und den überraschenden Ereignissen nahm er die Treppen zurück in sein Büro. Was für eine ungewöhnliche Frau! Das Smartphone legte er auf den Schreibtisch. Er war sich sicher, dass er keine Fotos mehr von ihr darauf finden würde.

36

*S*ven bog mit dem Fahrrad um die Ecke, als er sie sah. Keine zwei Meter vor ihm ging die schwarzhaarige Frau, die alle für die Diebin hielten. Sofort stieg er ab und schob das Rad. Vielleicht ertappe ich sie auf frischer Tat, dachte er. Er stellte sich schon bildlich vor, wie er die Neuigkeit Herrn von Lambert erzählte.

An einer roten Ampel blieb die Schwarzhaarige stehen. Er entschied, das Rad an einer Hausecke abzustellen, um auf keinen Fall aufzufallen. Zu Fuß ging er weiter, blieb aber ein paar Meter hinter ihr.

Sie steuerte auf das ›Chez Jacques‹ zu. Ihm fiel ein, dass dort schon oft Gäste bestohlen wurden. Hoffentlich kehrte die mutmaßliche Diebin nicht in das französische Restaurant ein. Seine Chancen standen schlecht, dort hereingelassen zu werden. Er bereute, dass er heute Morgen eine uralte Jeans angezogen hatte. Für die Küche in der ›Steaktafel‹ taugte sie allemal, dort zog er sowieso die lange Schürze darüber. Doch für feine Restaurants? Zum Glück ging sie am ›Chez Jacques‹ vorbei in Richtung ›Café Stressless‹. Das Café gehörte ebenfalls zu den besseren im Viertel, war aber immer total überfüllt, dort würde niemand darauf achten, was er trug.

Aufgeregt fragte er sich, was genau er unternehmen sollte, wenn er sie tatsächlich beim Klauen ertappte? Die Polizei rufen? Oder seinen Chef? Die vermeintliche Diebin drehte sich zu ihm um. Sie sah ihn einen kurzen Moment lang an, dann ging sie weiter. Mist, dachte er, jetzt bin ich wohl zu nah herangerückt. Er blieb vor einem Schaufenster stehen und tat so, als betrachtete er die Designerlampen. Im Augenwinkel beobachtete er die Frau. Sie bog links in die Straße ein. Er beeilte sich, ihr zu folgen. Das Café ließ sie ebenfalls links liegen. Vielleicht hatte sie gemerkt, dass er ihr folgte. Oder sie will zum Bahnhof. Von Diebstählen am Bahnhof war ihm noch nichts zu Ohren gekommen.

Tatsächlich, kurze Zeit später stand sie auf dem Bahnhofsplatz und er folgte ihr bis in die Eingangshalle. Dort beobachtete er, wie sie eine Tasche aus einem Schließfach nahm und damit in die Damentoilette verschwand. Beim Warten vor der Toilette ließ er seinen Blick schweifen. Die Zeiger der Bahnhofsuhr ließen ihn aufschrecken. Vor einer Stunde hatte seine Spätschicht in der ›Steaktafel‹ begonnen.

Er eilte zu seinem Fahrrad zurück und fuhr in rasantem Tempo los. Wahrscheinlich ist sie mit dem Zug weggefahren. Aber wohin? Vielleicht hätte ich noch länger warten sollen? Was wohl in der Tasche im Schließfach war? Er ärgerte sich darüber, dass er nicht vorsichtig genug gewesen war und sie ihn gesehen hatte. Sonst hätte ich sie womöglich doch erwischt. Oder sie war vorher Klauen und ich hab sie auf dem Weg nach Hause beobachtet? Mit dem Gedanken tröstete er sich.

Robina hätte beinahe im Bahnhof vergessen, sich umzuziehen. Tief in Gedanken – und in ihren Gefühlen – war sie fast am Schließfach vorbeigegangen. Auf dem Weg hierher hatte sie das Gefühl gehabt, dass ihr jemand folgte, aber das hatte sie sich wohl nur eingebildet.

Aufgewühlt saß sie im Zug auf dem Weg nach Glanfeld. Sie sah aus dem Fenster und rieb sich mit dem Finger durch ihr rechtes Auge. »Oh, nein«, entfuhr es ihr. Schnell holte sie einen Taschenspiegel heraus und begutachtete ihr Missgeschick. Schwarze Wimperntusche und Kajal umrandeten breit ihr Auge. Mit einem Taschentuch versuchte sie das Schlimmste wegzuwischen, was ihr ohne Wasser und Creme nur notdürftig gelang. Na ja, lieber jetzt, als wenn es vor meinem Besuch bei Gero passiert wäre, dachte sie und schmunzelte. Gedankenverloren sah sie wieder aus dem Fenster.

Ihre letzte Beziehung lag einige Zeit zurück und war schlimm, mit vielen Verletzungen, Schmerz und Tränen geendet. Nach der Erfahrung hatte sie es vorgezogen, alleine zu bleiben. Wenn sie ehrlich zu sich selbst war, musste sie zugeben, dass die Nähe zu Gero ihr gefallen hatte. Einem Mann so nah zu sein hatte sie vermisst, das wurde ihr gerade bewusst. Trotzdem hatte sie Angst, sich wieder auf jemanden einzulassen.

Mit leichter Bitternis dachte sie an ihre Einsamkeit im vergangenen Jahr, als immer mehr Freunde nach und nach zu ihr auf Abstand gegangen waren. Die tollen Dinge, die sie mit dem erbeuteten Geld unternahm, füllten die Leere in ihrem Leben nicht; sie waren nur ein kleiner Trost. Zum Glück hatte sie ihre Malerei. Wenn sie alleine in ihrem Atelier malte, fühlte sie sich nie einsam.

Ihre Gedanken schweiften zu der ersten Begegnung mit Gero in der ›Steaktafel‹, als er Kafka gelesen hatte. Oder zumindest so getan hatte, als läse er und in Wirklichkeit den Blick nicht von ihr lassen konnte. Ihr kam der Wiener in den Sinn, der lautstark mit Garco debattiert hatte. Sie musste schmunzeln.

Doch dann zogen andere Bilder vor ihr auf. In Gedanken rief sie sich zur Vernunft. Bei ihren Recherchen war sie darauf gestoßen, dass Herr Koning verheiratet war, und sie hatte Pressefotos entdeckt, auf denen er mit wechselnder weiblicher Begleitung abgebildet war. Für so jemand wie den bin ich im besten Fall ein netter Zeitvertreib, mehr nicht. Sie beschloss, ab sofort die Finger von ihm zu lassen.

37

*D*a bist du ja endlich, mein Freund?«, sagte Falk.
»Entschuldige, ich konnte nicht eher weg aus dem Büro. Eine wichtige Angelegenheit, du kennst das ja.«

»Das muss aber eine schöne Angelegenheit gewesen sein. Du strahlst so.« Neugierig grinste er ihn an.

»Ja. Nein. Ach, nicht, was du denkst.«

»Was denke ich denn?«

»Wie wäre es erst mal mit einem Glas Wein?«

»Ja, du hast recht. Lass uns etwas trinken.«

Er verschwand in Richtung Weinkeller. Mit einer Flasche 2018er Sancerre und einem Korb mit frischem Baguette kam er zurück.

»Der Wein sieht vielversprechend aus. Brot esse ich nicht, das weißt du ja.«

»Aber ich esse gern ein wenig Baguette zu dem edlen Tropfen. Möchtest du noch eine Kleinigkeit essen? Wir haben heute eine hervorragende Quiche als Vorspeise.«

»Nein, Wein reicht.«

Falk entkorkte die Flasche und schenkte ein.

»Na, dann erzähl mal von deiner neuen Eroberung.«

»Du kennst mich schon zu lange.«

»Ja, so ist es.«

»Eine komplizierte Geschichte. Die Frau ist auf ungewöhnliche Art und Weise in meinem Leben aufgetaucht.«

»Ist das nicht immer so bei dir?«

»Nein, diesmal ist es komplett anders.«

»Ich bin gespannt.«

»Du, das kann ich dir wirklich nicht erzählen. Vielleicht in ein paar Wochen.«

»Seit wann hast du Geheimnisse vor mir? Sag wenigstens, wie sie aussieht.«

»Toll!«

»Das habe ich mir gedacht. Danke für die ausführliche Beschreibung.«

»Also, sie ist mittelgroß, schlank, sportlich, hat aber trotzdem eine frauliche Figur. Wenn du weißt, was ich meine? Und sie hat lange rote, lockige Haare. Reicht das?«

»Ja, da habe ich zumindest eine kleine Vorstellung von deiner neuesten Affäre.«

Er runzelte die Stirn. »Ob das eine Affäre wird, weiß ich noch nicht. Überhaupt ... ob es überhaupt irgendetwas wird, kann ich noch nicht sagen. Es ist nicht so einfach.«

»Auf jeden Fall wünsche ich dir viel Glück. Und, ich komme dir bestimmt nicht in die Quere. Du weißt ja, Rothaarige sind gar nicht mein Typ.«

Stimmt, dachte Gero erleichtert. Daran hatte er nicht mehr gedacht. Falk war vor einigen Jahren kurz mit einer rothaarigen Frau liiert gewesen. Nachdem er das Ganze beendet hatte, lief sie noch monatelang hinter ihm her und lauerte ihm sogar hinter der ›Steaktafel‹ auf. Seitdem war die Haarfarbe für Falk tabu, obgleich ihm natürlich bewusst war, dass es nicht in Zusammenhang mit der Farbe stand.

Sven stellte frisch geschnittene Limonen auf dem Tresen ab und kam zu ihnen.

»Herr von Lambert, darf ich Sie kurz stören?«

»Sven, was gibt es?«

»Wissen Sie, wen ich heute gesehen habe?«

»Nein. Ich weiß aber, dass du zu spät gekommen bist!«

»Ja, Chef, aber ich bin der Schwarzhaarigen begegnet. Die, die klaut.« Siegessicher kreuzte Sven beide Arme vor der Brust.

Falk runzelte sie Stirn. »Hast du gesehen, wie sie stiehlt?«

»Nein, das nicht«, erwiderte Sven kleinlaut. »Aber ich hab sie gesehen.«

»Was genau hast du beobachtet?«

»Sie ist durch das Viertel gegangen und anschließend zum Bahnhof. Dort hat sie aus einem Schließfach eine Tasche geholt.«

»Und dann?«

»Na, nichts, dann hab ich gemerkt, dass ich schon viel zu spät dran bin.«

»Du hast die Frau bis zum Bahnhof verfolgt?«

»Ja, sie ging zuerst in Richtung ›Chez Jacques‹. Ich dachte, dort erwische ich sie vielleicht auf frischer Tat.«

»Sven, deinen Einsatz in allen Ehren, aber anscheinend hast du nur gesehen, wie sie zum Bahnhof gegangen ist. Daran ist nichts Kriminelles erkennbar. Selbst eine Tasche aus dem Schließfach im Bahnhof zu nehmen, ist nicht strafbar.«

»Ja. Aber wäre doch toll, wenn ich sie ertappt hätte.«

»Gut wäre es, wenn wir wüssten, wer für die Diebstähle verantwortlich ist und das Ganze endlich ein Ende hätte. Aber, es ist nicht in Ordnung, die Frau grundlos zu verfolgen.«

»Klaro, Chef. Hab ich verstanden.« Betreten verschwand der Junge in Richtung Küche.

»Sven hat die Frau verfolgt? Warum macht er das?«

»Wir haben hier letztens beisammengestanden, und Marlene hat erzählt, dass eine schwarzhaarige Frau mit ungewöhnlich viel Bargeld an ihrem Stand war. Sven war an dem Tag auch dort. Deshalb hat er sie wohl heute wiedererkannt. Noch ein Glas Wein?«

»Ja, gern, der ist vorzüglich.«

Falk schenkte nach. »Du, ich gehe noch mal kurz in die Küche und sehe nach Sven. Bin sofort zurück.«

Gero trank nachdenklich einen Schluck Wein. Leicht verwundert bemerkte er, dass er sich Sorgen um Robina machte.

Nachdem Gero sich verabschiedet hatte, ging Falk das merkwürdige Verhalten von Sven nicht aus dem Kopf. Gestern erst hatte der Junge bei ihm im Büro gestanden, das Entrecote auf seinem Teller angestarrt und über die Diebin geredet. Und heute verfolgt er die Frau bis zum Bahnhof.

Die Essensreste ließ er heute lieber nicht im Büro stehen. Er zog den Plastikbeutel mit den Fleischresten aus dem Abfalleimer und knotete ihn zu. Durch den Personaleingang hinter dem Restaurant ging er nach draußen und wunderte sich über die kalte Luft. Tagsüber hatte die Sonne vom Himmel gebrannt und der Abend war angenehm warm gewesen. Auf dem Weg zu den Mülleimern ärgerte er sich über die Außenbeleuchtung, die schon wieder defekt war. Ein Elektriker hatte die Lampen vor zwei Wochen erst repariert. Der Neumond erschwerte ihm den Weg zur Mülltonne. Nach wenigen Metern streifte er mit dem Ellenbogen irgendetwas und erschrak über ein schepperndes Geräusch. Schnell war ihm klar, dass er das Fahrrad von Sven umgeworfen hatte. Den Beutel warf er in die Tonne und stellte dann das Rad vorsichtig auf den Ständer. Er hoffte, dass nichts kaputt gegangen war. Sven hatte monatelang für das teure Rad gespart.

Seine Augen gewöhnten sich allmählich an die Dunkelheit. Er untersuchte das Rad, konnte aber keinen Schaden erkennen. Dann fiel ihm auf dem Boden etwas Glitzerndes auf. Vielleicht war es aus der Fahrradtasche am Gepäckträger herausgefallen. Er hob den Gegenstand auf und betrachtete ihn – eine Sprühdose. Vergeblich versuchte er zu erkennen, um was für einen Inhalt es sich handelte, konnte aber die Schrift auf der Dose nicht lesen. Lediglich ein Wort entzifferte er, das in großen leuchtenden Buchstaben aufgedruckt war: Farbe. Schnell packte er die Dose in die Fahrradtasche zurück. Dort ertastete er zwei weitere Sprühdosen.

$\mathscr{F}$ast drei Wochen war es mittlerweile her, dass sie bei Gero im Büro war. Jeden Tag hatte sie an das Gespräch mit ihm und an alles andere gedacht. Insgeheim hatte sie auf einen Anruf von ihm gehofft. Der blieb aber aus.

Sie hatte viel gemalt und einen weiteren Brief des Jobcenters ignoriert. Ihr war bewusst, dass das auf Dauer keinen Sinn ergab. Im Moment spürte sie aber keine Energie, um auf der Ebene zu kämpfen oder nach einer günstigeren Wohnung zu suchen. Zum Glück war Christa aus dem Schwarzwald zurück und sie hatten ein paar Mal zusammen Kaffee getrunken.

Heute fiel ihr jedoch die Decke auf den Kopf und sie vermisste den Kick, den die Streifzüge ihr gaben. Die gepackte Tasche stand bereits im Flur. Immer wieder hatte sie darüber nachgedacht, ob sie in eine andere Stadt wechseln sollte. Und wenn nicht, wie sie reagieren würde, falls Gero ihr in Berfurt begegnete. Letztendlich führte vermutlich eine Portion Trotz zu der Entscheidung, dass sie nicht extra wegen ihm in eine andere Stadt fahren würde. Das Viertel in Berfurt war ihr Revier. Außerdem wusste sie nicht, ob sie fürchtete, ihn zufällig zu treffen, oder ob sie es sich in Wirklichkeit sogar wünschte. Beide widersprüchlichen Gefühle kämpften um einen Platz in ihrem Herzen.

Im Treppenhaus hörte Robina, wie die Tür des Vermieters im Erdgeschoss aufging. Der fehlt mir heute noch! Sie nahm gerade die letzte Stufe, da brüllte er ihr entgegen.

»Frau Hood, kommen Sie mal her!«

Seltsame Einleitung, dachte sie, ich steh doch direkt vor ihm.

»Heute Morgen habe ich das Fenster in der Waschküche zugemacht!« Provokant schaute er sie an.

»Das ist schön.«

»Das ist schön! Schön ist was anderes. Sie haben das gestern aufgelassen! Die ganze Nacht war das Fenster auf. Ich hab genau gesehen, dass sie um neun Uhr mit dem Wäschekorb aus dem Keller gekommen sind und nicht noch mal nach unten gegangen sind! Stellen Sie sich mal vor, es hätte jemand eingebrochen! Da hätten Sie aber den Schaden …«

Sie holte tief Luft um zurückzuschreien, so wie sie es sich vorgenommen hatte, besann sich aber eines Besseren. In normaler Lautstärke, mit fester Stimme sagte sie: »In dem Ton rede ich nicht mit Ihnen!«

»Was fällt Ihnen …«

»In dem Ton rede ich nicht mit Ihnen!«

»Sie …«

»Noch einmal, Herr Wehrmeier. In dem Ton rede ich nicht mit Ihnen.«

Sichtlich verwirrt schnappte der Vermieter nach Luft. »Ich kann …«

»Leise. Man kann sich auch leise unterhalten.«

Tatsächlich mäßigte er den Ton. »Was meinen Sie, wenn letzte Nacht hier jemand eingebrochen hätte, dann ...«

»Lieber Herr Wehrmeier. Glauben Sie im Ernst, dass durch das kleine Kellerfenster jemand einbricht? Sie sind doch Handwerker und wie ich Sie kenne, können Sie allein durch Augenmaß prima abschätzen, welche Maße das Kellerfenster hat.«

»Mhm«, brummelte er.

»Sehen Sie, durch das Fenster passte höchstens ein Kind oder ein Zwerg. Warum sollte ein Kind in unseren Keller einbrechen? Von Zwergen mal ganz zu schweigen.«

Der Vermieter runzelte die Stirn, blieb aber stumm.

»Herr Wehrmeier, ich habe es nur gut gemeint. Der Trockner lief gestern lange. Danach wollte ich die feuchte Luft hinauslassen. Deshalb hab ich das Fenster geöffnet. Sie haben vollkommen recht, ich hätte es später wieder schließen müssen. Aber die frische Luft hat der muffigen Waschküche ganz gewiss nicht geschadet. Sie wissen doch, wie das ist, wenn sich im Keller erst mal Schimmel bildet, bekommt man den ganz schlecht wieder weg.«

»Wir hatten hier noch nie Schimmel im Keller«, sagte er. In normaler Zimmerlautstärke.

»Ich weiß. Sie kümmern sich ja vorbildlich um das Haus. Jetzt muss ich leider los, Herr Wehrmeier, mein Zug fährt in einer Viertelstunde. Ich muss in Berfurt was erledigen. Kann ich Ihnen irgendetwas aus der Stadt mitbringen?«

Irritiert sah er sie an. »Nein, ich brauch nichts.«

»Dann wünsche ich Ihnen noch einen angenehmen Tag.«

Ihr Grinsen im Gesicht hielt bis Berfurt an. Sie freute sich über den gelungenen Ausgang des Disputs mit Herrn Lehrmeier. Als Erstes wollte sie heute am Pommesstand etwas essen. In der letzten Zeit hatte sie wenig gegessen. Ihr Magen drehte sich oft, wie die Trommel einer Waschmaschine im Kreis. Zum Frühstück hatte sie wieder nichts herunterbekommen, aber jetzt knurrte ihr Magen. Hungrig auf Streifzug zu gehen, war keine gute Idee.

»Sie hab ick ja lange nicht mehr gesehen.«

»Ja, das stimmt. Ich nehme Pommes mit doppelt Ketchup.«

»Kommt sofort.«

Sie stellte sich mit der Schale an einen der Stehtische und freute sich auf die leckeren Pommes. Marlene kam hinter ihrem Stand hervor und wischte die anderen Tische ab. Robina wunderte sich, alles sah sauber aus. Dann stellte sie sich zu ihr an den Tisch; das tat sie sonst nie. Bislang hatten sie nur Small Talk vor dem Tresen gehalten.

»Sagen Sie mal, Sie sind doch oft hier im Viertel unterwegs, oder?«

»Nein, nicht oft. Ich habe nur ab und an beruflich hier zu tun.«

»Na jut. Ick dachte nur, Sie hätten vielleicht was gesehen.«

»Was soll ich denn gesehen haben?«

»Na, hier ist so ein Mistkerl unterwegs, der beschmiert überall die Autos, mit so Xe in Farbe.«

Erleichtert tunkte sie Pommes in den Ketchup. »Die Schmierereien auf den Autos sind mir auch schon aufgefallen. Die leuchtende Farbe sieht man schon von Weitem. Sie meinen, das malt jemand extra auf die Fahrzeuge?«

»Jut, man weiß nicht, warum oder so. Aber alle machen sich Gedanken, was dat soll. Na, wenn Sie was sehen, sagen Sie es mir einfach.«

»Ja, das mache ich.«

Marlene nickte, bedachte sie aber mit einem misstrauischen Blick.

Robina bezahlte eilig und machte sich auf den Weg.

»Super. Hoffentlich erwischen wir die auf frischer Tat, damit endlich Schluss ist mit die Verdächtigungen gegen die ›Steaktafel‹.«

»Gewiss. Gestern hab ich hier in der Kantine sogar schon Gerüchte gehört, dass Angestellte der ›Steaktafel‹ für die Diebstähle im Viertel verantwortlich sind. So geht das nicht weiter!«

»Sag ick doch. Viel Glück.«

Sven dachte nicht daran, die Information an seinen Chef weiterzugeben. Lieber spielte er selbst Detektiv. Außerdem hatte Herr von Lambert sich ab und an mit der Unbekannten unterhalten. Also ergab es keinen Sinn, wenn er bei der Suche half, ihn würde sie erkennen.

Schnell ging er zu Garco in den Personalraum. Der knotete gerade die Kellnerschürze hinter seinem Rücken zusammen.

»Garco, ich muss noch mal weg.«

»Wie, du musst weg? Gleich beginnt das Mittagsgeschäft.«

»Klaro, aber Marlene hat angerufen. Sie hat die Schwarzhaarige gesehen!«

»Die Diebin?«

»Genau die.«

»Und wo willst du jetzt hin?«

»Na, ich geh sie suchen!«

»Aber das geht doch nicht.«

»Das mit den Gerüchten über uns geht doch auch nicht so weiter, Garco. Bitte sag Herrn von Lambert nichts.«

»Na, ich weiß nicht, Sven.«

»Erfinde irgendeine Ausrede, wenn er fragt, wo ich bin.«

39

*M*arlene hatte Robina aus dem Konzept gebracht mit ihrer Fragerei. Kurz beschlich sie die Angst, Marlene könnte ahnen, was sie hier im Viertel trieb. Aber woher sollte sie davon wissen? Sie schob den Gedanken beiseite und kehrte im ›Café Stressless‹ ein. An einem Bistrotisch nahm sie Platz und merkte erst jetzt, dass es für ihr übliches Vorhaben noch viel zu früh war. Im Café herrschte gähnende Leere. Es kam sogar ein Kellner an ihren Tisch. Später, um die Mittagszeit wurde hier nicht mehr bedient.

Egal, dachte sie, jetzt bleibe ich hier. Sie bestellte einen Latte macchiato. In Ruhe etwas trinken, kann nicht schaden. Sie beschloss heute nur im ›Stressless‹ zu arbeiten. Ihr fielen die Fotos ein, die Gero genau hier von ihr aufgenommen hatte. Sie sah sich um. Natürlich war nichts von ihm zu sehen. Warum sollte er sie auch weiterhin verfolgen, dazu gab es keinen Grund.

Sie blätterte in einer Zeitschrift über Kunst, die sie am Bahnhof gekauft hatte. Nach und nach füllte sich das Café. Sie nahm ihr erstes Opfer ins Visier. Ein Mann in beigem Anzug und mit schwarzer Krawatte stand am Tresen und schüttete Zucker in eine Tasse. Ihr fielen sofort die Schuhe von Louboutin ins Auge. Dem wird das Geld garantiert nicht fehlen. Sie würde warten, bis noch mehr Gäste in seiner Nähe standen. Erst dann würde sie zuschlagen.

Irgendwie beschlich sie heute ein merkwürdiges Gefühl. Sie konnte nicht sagen, woher es kam. Schließlich schob sie es auf die Ereignisse der vergangenen Wochen und beachtete es nicht weiter. In der Kunstzeitschrift las sie einen Bericht über eine neu entwickelte teure Farbe, die sich besonders in der abstrakten Malerei verwenden ließe. Die musste sie unbedingt ausprobieren. Das heute verdiente Geld würde sie darin investieren. Natürlich wie immer nur eine Hälfte der Beute.

***

Sven scannte alle Menschen auf der Straße. Bislang hatte er die schwarzhaarige Unbekannte nicht entdeckt. Etliche Straßen im Viertel war er abgelaufen und hatte in verschiedenen Restaurants nachgesehen. Keine Spur von der Diebin.

Dafür kam ihm jetzt Adrian Gasch entgegen. »Hast du sie schon gesehen?«

»Hat Marlene Sie angerufen?«

»Ja, hat sie. Wie wollen wir vorgehen?«

Beide Hobbydetektive sahen sich ratlos an.

»Darüber hab ich noch nicht nachgedacht. Haben Sie eine Idee?«, fragte Sven.

»Ja, aber erst mal hörst du auf mich zu siezen. Das verträgt sich nicht mit einer gemeinsamen Verbrecherjagd.«

»Oh. Ja, mache ich.«

»Also, am besten suchen wir getrennt, das erhöht die Chance, sie zu finden.«

»Klaro, gute Idee.«

»Weißt du denn eigentlich, wie sie aussieht? Ich weiß ja nur, dass wir eine schwarzhaarige Frau suchen.«

Er berichtete Adrian, wie er sie vor ein paar Tagen bis zum Bahnhof verfolgt hatte, und beschrieb ihm das Aussehen der vermeintlichen Diebin. »Marlene meinte, sie könnte in Richtung französisches Restaurant unterwegs sein, aber dort ist sie nicht. Da hab ich als Erstes gesucht.«

»Das ›Café Stressless‹ liegt in der Mitte vom Viertel. Du durchsuchst den östlichen Teil und ich übernehme den westlichen. Danach treffen wir uns im Café. Für alle Fälle lass uns noch Handynummern tauschen.«

»So machen wir es. Wenn einer sie sieht, ruft er den anderen an.«

40

Gero stand an einem der Tische am Pommesstand und blickte versonnen auf die Benau. Fast drei Wochen waren vergangen, seit Robina ihn in seinem Büro überrascht hatte. Lange Wochen, in denen er jeden Tag über sie nachgedacht hatte. Oft hatte er sein Telefon zur Hand genommen, aber letztendlich nicht bei ihr angerufen. Er fand keine Antwort auf die Frage, was er von ihr wollte.

Das Geschäft mit den Ziegers und dem NaviVocal war problemlos über die Bühne gegangen. Frau Schuffenhauser war zum vereinbarten Termin im Tonstudio erschienen und hatte die Texte eingesprochen. Anschließend hatten sie die Stimme von Frau Zieger aufgenommen. Er hatte sich das Ergebnis angehört. Frau Zieger hatte ausgezeichnete Ideen eingebaut. Sie war eine echte Granate. Das NaviVocal konnte sich sehen lassen. Ihr Mann würde garantiert viel Spaß mit dem neuen Navigationsgerät haben. Herr Zieger hörte dann zum Beispiel, wie Frau Schuffenhauser sagte: »Jetzt müssen'S links in die Strass.« Woraufhin die Gattin Ziegler entgegnete: »Nein, mein Schatz, hör nicht auf die Schnepfe, du musst nach rechts fahren.« Das Navi war voll mit solchem Unfug, aber trotzdem funktionstüchtig.

Seine Gedanken schweiften zu Robina, wie sie auf der Designercouch in seinem Büro gesessen hatte. Das Gespräch war ihm lange nicht aus dem Kopf gegangen. Im Nachhinein war er davon überzeugt, dass sie an der einen oder anderen Stelle geblufft hatte. Er war glatt auf ihre gewandte Rhetorik hereingefallen. So etwas passierte ihm sonst nie.

»Na, was guckst du so auf die Benau, als gäbe es da was zu entdecken?«

»Ach, nichts Marlene, alles in Ordnung. Ich hab nur über was nachgedacht.«

»Laufen die Geschäfte nicht?«

»Doch, doch. Im Gegenteil, die laufen fantastisch. Und wie stehen die Pommes-Aktien?«

»Jut, jut. Es läuft, dat Geschäft mit die Pommes.«

»Wir können ja mal tauschen, was meinst du?«

»Was? Nee, dat lass mal. Deine Sachen mit die Navigationsgeräte, die hören sich kompliziert an. Und dann immer stundenlang in die Meetings rumsitzen? Da bleib ick lieber an meinem Stand.«

»Du siehst aber auch nachdenklich aus, Marlenchen.«

»Na jut, dat ist aber wegen die Frau.«

»Welche Frau? Hast du die Seiten gewechselt?«

»Quatsch! Nee, ick mein die, die hier die Leute beklaut.«

»Was ist mit der?«

»Na, die war wieder hier. Heute Vormittag, ick sag mal, so um elf vielleicht. Pommes mit doppelt Ketchup hat sie bestellt und genau an der Stelle, wo du stehst, gegessen. Ick hab gleich in die ›Steaktafel‹ angerufen und dem Adrian hab ick auch Bescheid gesagt.«

»Wieso das denn?«

»Damit sie die suchen. Vielleicht schnappen die beiden die Diebin und dann ist Schluss mit die Verdächtigungen über den Falk seine Mannschaft.«

»Du meinst, Adrian ist hinter der Frau her?«

»Ja, sag ick doch. Sven auch. Jedenfalls hab ick gesehen, wie er kurz nach meinem Anruf losgerannt ist.«

Die halb volle Tasse Kaffee ließ er stehen und lief los.

Marlene rief ihm hinterher: »Stimmt was mit meinem Kaffee nicht?«

***

»Adrian, wo bist du?«, raunte Sven in sein Smartphone.

»Ich bin in der Mozartstraße. Hast du sie gefunden?«

»Ja, sie ist im ›Café Stressless‹.«

»Bist du sicher, dass sie es ist?«

»Ganz sicher.«

»Ich komm, so schnell ich kann. Lass sie nicht aus den Augen!«

»Klaro, ich geh rein und warte drinnen auf dich. Falls sie weggeht, verfolge ich sie und ruf dich an.«

»In Ordnung, bis gleich.«

41

*D*as ›Café Stressless‹ füllte sich mit jeder Minute. Freie Tische gab es keine mehr. Viele Kunden drängten sich vor der Theke, um Kaffee zu bestellen.

Für Robina war der Mann mit den Louboutin-Schuhen eine leichte Beute gewesen. Mittlerweile fixierte sie einen Herrn im schwarzen Anzug. Er stand mitten im Gedränge vor dem Korb mit den abgepackten Milchsorten. Gleichzeitig unterhielt er sich mit zwei anderen Gästen, die neben ihm auf ihre Getränke warteten. Sie drängelte sich bis zu ihnen durch und tat so, als suchte sie in dem Korb nach etwas Bestimmtem. Der Mann bemerkte ihre Finger in seiner Jackettasche nicht.

In der Damentoilette begutachtete sie die Beute. Es hatte sich gelohnt. Sie nahm nur ein paar große Scheine heraus. Im Ernstfall könnte ihr niemand nachweisen, dass das Geld nicht ihr eigenes war. Im Spiegel zog sie ihre Lippen nach und kämmte die Haare der Perücke. Dann drängelte sie sich erneut zu ihrem Opfer hindurch und steckte die Brieftasche zurück in sein Jackett.

Die Methode gehörte zu einem ihrer Tricks, um nicht aufzufliegen. Sie war zwar riskant, aber andererseits kamen die Opfer nicht so schnell darauf, bestohlen worden zu sein. Eine fehlende Brieftasche fiel sofort auf, aber entwendetes Bargeld entdeckten die Opfer oft erst Stunden später. Selbst wenn ihnen Robina aufgefallen sein sollte, brachten sie sie nicht mit dem fehlenden Geld in Verbindung. Über ihre Fingerabdrücke brauchte sie sich keine Sorgen machen. Bislang war sie noch nie erwischt worden und somit nicht aktenkundig.

Sie nahm ihr nächstes Ziel ins Visier und beobachtete, wie der Mann ein Portemonnaie in die Gesäßtasche seiner Hose steckte. Eine leichte Beute.

***

Gero suchte die Straßen und Restaurants im Viertel ab, fand aber keine Spur von Robina. Vielleicht hatte Marlene sich getäuscht, und es war eine andere schwarzhaarige Frau bei ihr am Stand. Sven oder Adrian war er bislang auch nicht begegnet.

Das ›Café Stressless‹ hatte er zunächst ausgelassen. Er dachte, dort würde sie bestimmt nicht sein, dabei war es genauso wahrscheinlich, dass sie dort war … wie an jedem anderen Ort. Warum sollte sie ausgerechnet in dem Café nicht mehr ihr Unwesen treiben? Nur weil ich sie dort beim Klauen fotografiert habe? Er beschloss, es im ›Stressless‹ zu versuchen. An der nächsten Straßenecke entdeckte er Adrian. Keine fünfzig Meter vor ihm hastete er über den Bürgersteig. Gero heftete sich unauffällig an seine Fersen.

42

Sven stellte sich in eine Ecke an einen der Stehtische, um alles im Blick zu haben. Die Schwarzhaarige ließ er keine Sekunde aus den Augen. Leider saß sie nur an ihrem Tisch und beobachtete Leute. Er winkte Adrian zu, der zur Tür hereinkam.

»Und? Hast du schon was gesehen?«

»Nein, ist noch nichts passiert. Sie sitzt nur da und sieht die Leute an.«

»Mhm, das muss ja nichts heißen. Vielleicht beobachtet sie die Gäste, um jemanden auszusuchen, den sie am besten bestehlen kann.«

»Meinst du wirklich?« Er ärgerte sich, dass er nicht selbst darauf gekommen war.

»Ja. Pass auf, dass sie uns nicht sieht. Wir dürfen unter keinen Umständen auffallen.« Adrian schaute allerdings selbst wie gebannt die Frau an.

Sven hingegen blickte auffällig nicht zu der vermeintlichen Diebin, sondern betrachtete gespielt interessiert die Bilder an der Wand.

»Sag mal, was unternehmen wir eigentlich, wenn wir sie erwischen?«

Adrian sah ihn überrascht an. »Darüber hab ich mir noch keine Gedanken gemacht.«

Beide schauten ratlos auf die Tischplatte.

»Wir könnten die Polizei rufen«, sagte Adrian.

»Das dauert viel zu lange, bis die hier sind.«

»Mhm.«

»Ich finde, wir sollten sie uns schnappen.«

»Hier im Lokal? Vor all den Leuten?«

»Klaro. Wo denn sonst?«

»Ich steh nicht gern im Mittelpunkt.«

»Was? Wieso das denn? Du arbeitest doch beim Theater?«

»Ja, gewiss. Als Regisseur, nicht auf der Bühne.«

»Na, egal. Ich schnapp sie mir!«

Adrian stieß ihn mit dem Ellenbogen an. »Sie steht auf.«

Die Schwarzhaarige ging zur Kaffeetheke. Behutsam drängelte sie an einer Gruppe von Leuten vorbei, die Milch und Zucker in ihre Kaffeebecher schütteten. Sie beachteten die Frau nicht. Am Tresen redete sie mit der Bedienung und kam mit einer Latte macchiato in der Hand an ihren Bistrotisch zurück. Sie stellte das Glas ab und verschwand in Richtung Toilette.

»Hast du was gesehen?«, fragte Sven.

»Nein, ich glaube nicht. Es ist einfach zu voll hier.«

»Ich hab auch nichts gesehen. Wir müssen näher ran.«

»Das überlasse ich dir. Ich halte hier die Stellung und beobachte alles von Weitem.«

In dem Moment kam die Frau zurück und drängelte erneut durch die Menge bis an die Theke. Sven schob sich von der anderen Seite heran und sah, wie ihre Hand aus der Anzugtasche eines Mannes schnellte. Ob sie irgendetwas in der Hand hielt, konnte er nicht erkennen. Aufgeregt winkte er Adrian zu.

Dann passierten mehrere Dinge gleichzeitig. Im Augenwinkel sah er, wie Herr Koning zur Tür hereinkam. Adrian rührte sich nicht vom Fleck, vielleicht hatte er den Wink falsch verstanden. Sven versuchte, sich zu der Schwarzhaarigen durchzukämpfen, um sie zur Rede zu stellen und notfalls festzuhalten. ›Haltet die Diebin!‹ zu rufen, traute er sich nicht.

»Sven! Hallo! Hier bin ich!«, rief Gero.

Sven runzelte verärgert die Stirn und versuchte nun Herrn Koning zu sich heranzuwinken. Der blieb aber in der Tür stehen.

Robina war, als hätte sie Geros Stimme gehört, und drehte sich um. Tatsächlich, dort stand er im Eingang. Er sah sie aber nicht. Sie folgte seinem Blick. Ein junger Mann kam auf sie zu. Hektisch sah sie sich um. Blitzschnell verstand sie, dass der Junge und ein Mann, der an einem Stehtisch stand, sie fixierten. Sie witterte Gefahr.

Wer sind die beiden? Hat Gero mich verraten? Doch jetzt war nicht der geeignete Zeitpunkt zum Nachdenken. Sie bahnte sich mithilfe ihrer Ellbogen einen Weg zur Tür und rannte an Gero vorbei nach draußen.

Hinter ihr auf dem Asphalt hörte Robina Schritte. Rasch warf sie einen Blick zurück. Gero folgte ihr. Ein Stück hinter ihm erkannte sie die beiden aus dem Café. Sie bog um die nächste Ecke. Die Schritte hinter ihr kamen näher. Gero schob sie behutsam in den Eingang eines Geschäftes. Sie erschrak, doch er öffnete die Tür und sie hasteten hinein. Den Schriftzug

›Kunstgalerie Alfons‹ nahm sie gerade noch aus dem Augenwinkel wahr. Mitten im Ausstellungsraum stand ein großes Gemälde auf einem Sockel.

Sie versteckten sich hinter dem Bild. »Nicht auf die Straße sehen.« Mit einem Auge schielte er jedoch selbst am Gemälde vorbei. »Da sind die beiden. Warte. Sie laufen vorbei.«

»Herr Koning, das ist ja eine Freude, Sie zu sehen.« Der Galerist streckte ihnen die Hand entgegen.

»Guten Tag, Herr Alfons. Ganz meinerseits, lange nicht gesehen.«

Robina war noch damit beschäftigt durchzuatmen und schaffte es nicht, dem Gespräch zu folgen. Der Schrecken steckte ihr in den Knochen. Sie war viel zu unvorsichtig gewesen und vor allem zu unkonzentriert. Das war ihr vorher noch nie passiert. Die beiden Männer, die sie angestarrt hatten, waren ihr nicht aufgefallen. Den Gedanken, dass Gero dahintersteckte, verwarf sie gleich wieder, dann hätte er sie wohl kaum aus der Situation gerettet.

Sie horchte auf. Gero kaufte gerade ein Bild für eine vierstellige Summe. Leider hatte sie nicht zugehört, um was für einen Maler es sich handelte.

»Sagen Sie, Herr Alfons, gibt es in Ihrer Galerie nicht einen Hinterausgang in Richtung Kirche? Mein Auto steht dort in der Nähe. Wir könnten uns den Umweg über die Schustergasse sparen.«

»Ja, Herr Koning. Sie können gern hinten hinaus gehen.«

»Das Gemälde liefern Sie bitte zu mir nach Hause.«

»Selbstverständlich.« Herr Alfons begleitete sie zur Tür. »Und einen lieben Gruß an die Frau Gemahlin.«

Robina grinste den Galeristen frech an, doch Gero schien die Anspielung bewusst zu überhören.

»Meinst du, die suchen uns noch? Das heißt … mich?«

»Keine Ahnung, aber wir sollten vorsichtig sein. Am besten wir gehen dort hinein. Ich glaube nicht, dass sie sich dort umsehen.« Gero zeigte in Richtung Kirche.

Sie gingen durch das Eingangsportal in das Kirchenschiff.

»Hier drinnen war ich noch nie.«

»Dann weißt du bestimmt auch nicht, dass man oben vom Turm aus eine fabelhafte Sicht über die Stadt hat.«

43

*G*ero öffnete eine wuchtige Holztür. Sie stiegen Hand in Hand unzählige Treppen hinauf, bis das Tageslicht sie auf dem Turm empfing. Ihre Anstrengung wurde mit einer grandiosen Aussicht belohnt. Robina spürte einen leichten, stetigen Wind in ihren Haaren. Außer ihnen war niemand auf dem Turm. Sie lehnte sich über die Brüstung und blickte auf den Kirchplatz. Er stellte sich neben sie, zog sie aber sogleich zurück. Erschrocken sah sie ihn an.

»Die beiden sind dort unten. Offensichtlich haben sie noch nicht aufgegeben. Sven ist gerade in die Kirche hineingegangen.«

Einige angespannte Minuten später hörten sie die schwere Kirchentür zufallen. Sven lief auf den Kirchplatz. Er und Adrian fuchtelten aufgeregt mit den Armen in der Luft herum. Es sah so aus, als diskutierten sie. Dann lief jeder in eine entgegengesetzte Richtung davon.

Robina hielt sich eine Hand vor den Mund, um ihr Lachen zu dämpfen. Gero lächelte sie an. Eine Zeit lang sahen sie sich schweigend in die Augen.

»Du stiehlst also immer noch?«

»Ja. Denkst du, nur weil du die Fotos von mir gemacht hast, höre ich damit auf?«

»Nein. Nur, die zwei hätten dich beinahe auf frischer Tat ertappt. Ist dir das klar?«

»Wer sind die beiden denn überhaupt?«

»Sven ist der Küchenjunge aus der ›Steaktafel‹ und Adrian, ein guter Freund von Falk, dem Restaurantbesitzer. Wenn ich richtig informiert bin, hast du dich mit ihm ein paar Mal unterhalten?«

»Ja, wir haben über vegetarische und vegane Ernährung geredet. Deshalb lässt er mich wohl kaum verfolgen ...«

»Deshalb nicht, aber aus irgendeinem Grund klaust du in der ›Steaktafel‹ nicht. Mittlerweile haben alle im Viertel Falks Personal in Verdacht. Darum hat Falk ein berechtigtes Interesse daran, den Dieb zu fassen.«

»Oh Gott, das wollte ich nicht. Davon wusste ich nichts.«

»Warum stiehlst du denn dort nicht?«

»Weil ich dort gern bin. Es ist mein Lieblingslokal im Viertel. Dort gehe ich oft zum Schluss hin, um Pause zu machen. Quasi zur Belohnung bestelle ich mir dort Kuchen. Weißt du, so eine Diebin braucht auch mal Pause.« Sie sah ihn verschmitzt an, aber sein Gesichtsausdruck blieb ernst.

»Und? Willst du jetzt immer weiter stehlen?«

Robina antwortete nicht. Beide setzten sich auf einen Steinblock und lehnten sich mit dem Rücken an die Wand des Turms. Sie ließen ihre Blicke in die Ferne schweifen.

»Hörst du denn mit deinen nicht ganz legalen Geschäften auf?«

»Darüber haben wir bereits diskutiert, als du mich in meinem Büro überfallen hast. Irgendwie hast du sogar nicht ganz unrecht. Ja, ich trickse da ein bisschen herum, aber alles auf legale Weise. Es fällt jedenfalls nicht unter das Strafgesetzbuch; stehlen steht allerdings sehr wohl in diesem Gesetz und ist strafbar.«

»Fremdgehen steht ebenfalls nicht in dem Gesetzbuch, von dem du sprichst. Unter Ehrlichkeit fällt es trotzdem nicht!«

»Wie kommst du auf so ein Thema?«

»Na, ich bin nicht verheiratet.«

»Du denkst, ich gehe fremd?«

»Na ja, du hättest es zumindest getan, wenn ich dich gelassen hätte.«

»Du weißt natürlich genau, wie es um meine Ehe bestellt ist?«

»Was soll das heißen?«

»Das heißt, dass ich die Scheidung eingereicht habe.«

Sie sah ihn überrascht an.

»Du hast eine verblüffende Art vom Thema abzulenken. Eigentlich sprechen wir gerade über dich«, sagte er.

»Stimmt, das kann ich gut.«

Sie erzählte ihm davon, wie sie arbeitslos geworden war, der dann folgenden schweren Zeit und wie sie die Idee mit ihren Streifzügen hatte. Ebenso, wie viel vom erbeuteten Geld sie seitdem gespendet hatte.

»Ich verstehe ja, dass die Spenden dein schlechtes Gewissen minimieren, allerdings verringert es die Tatsache, dass es trotzdem Diebstähle sind, nicht.«

»Das ist mir klar. Ich hab aber alles probiert, um einen halbwegs adäquaten Job zu finden. Mein Traum ist es, von meinen Bildern leben zu können. Im Moment weiß ich nicht mal, wovon ich die nächste Miete zahlen soll, außer von den Streifzügen.«

»Das heißt, du stiehlst weiter?«

»Was soll ich sonst machen?«

»Robina, ich mache dir einen Vorschlag. Du kannst dein Leben so weiterleben wie bisher, vielleicht findest du bald einen Job, aber vielleicht machst du auch so weiter und fliegst irgendwann auf. Mit einer Diebin möchte ich allerdings nichts zu tun haben, auch wenn sie noch so viel Geld spendet. Von der schwarzhaarigen Robina würde ich mich distanzieren.«

»Oder?«

»Oder du verabschiedest dich von den Streifzügen und der Verkleidung. Die echte rothaarige Robina würde ich gern heute Abend zum Essen in die ›Steaktafel‹ einladen. Und ... ich habe ein berufliches Angebot für sie.«

Sie sah wie gebannt zum Horizont und schwieg.

»Überleg es dir. Um acht im Restaurant.« Er stand auf und wandte sich zur Treppe.

»Danke, Gero.«

»Wofür?«

»Du hast mich vorhin vor dem Strafgesetzbuch gerettet.«

44

*R*obina blieb auf dem Kirchturm sitzen. Ihre Schuhe streifte sie ab, zog die Knie zu sich heran und wunderte sich über die Wärme, die der Stein unter ihren nackten Füßen abgab. Der hatte wohl die Sonnenstrahlen des Tages gespeichert. Ihr wurde bewusst, dass sie viel zu selten über persönliche Dinge mit jemandem redete, außer ab und zu mit Christa. Der Austausch mit Gero hatte ihr gutgetan.

Sie ließ den Blick noch einmal in die Ferne schweifen, doch jetzt brauchte sie Bewegung zum Nachdenken. Ein Spaziergang am Flussufer war jetzt genau das Richtige.

Die Benau lag nur ein paar Straßenecken von der Kirche entfernt, aber sie achtete darauf, ihren Verfolgern nicht in die Hände zu laufen. Die beiden hatten augenscheinlich mittlerweile aufgegeben. Sie gelangte ohne Zwischenfälle zum Ufer.

Ihre Gedanken kreisten um die Ereignisse des Nachmittags. Erst nachdem sie ein Stück gegangen war, konnte sie wieder klar denken. Dennoch häuften sich die Fragezeichen in ihrem Kopf. Was wollte Gero von ihr? Was wollte sie von ihm? Was verbarg sich hinter der Andeutung, dass er ein berufliches Angebot für sie hätte? Wollte er ihr etwa einen Job in seiner Firma anbieten?

Das wollte sie nicht. Was immer das zwischen ihnen war, sie empfand etwas für ihn, so viel stand fest. Wenn es von seiner Seite aus auch so sein sollte, wollte sie auf keinen Fall für ihn arbeiten. Das führte nur zu Schwierigkeiten. Wenn dem nicht so war, wollte sie es genauso entschieden nicht. In dem Punkt war sie sich sicher.

Weniger Klarheit hatte sie darüber, was genau sie für ihn empfand. Sie konnte ihre Gefühle noch nicht einordnen. War sie verliebt? Viel wichtiger war die Frage für sie, ob sie den Mut hätte, sich wieder auf jemanden einzulassen. Leichter erschien es ihr, nach Hause zu fahren und ihn nie wieder zu sehen.

Würde sie mit ihren Streifzügen aufhören können? Auch das wusste sie nicht. Im Laufe der Zeit war es zu einer Art Sucht geworden. Sie hatte einmal versucht, es sein zu lassen, aber erfolglos. Letztendlich gaben ihr die Diebstähle ein Gefühl von Macht, was gänzlich im Gegensatz zu dem Empfinden stand, das sie bei einem Termin beim Amt hatte. Es war für sie eine Art Ausgleich, bei dem sie ihr Selbstbewusstsein aufpolierte. Die Angst gefasst zu werden begleitete sie jedes Mal und gab ihr einen besonderen Kick.

Es war ein Gefühl, wie ein Ritt auf der Achterbahn. Nicht so sehr das Hinauf, sondern die Talfahrt und der Moment kurz vor dem Boden abzubremsen, dem alles vernichtenden Aufprall entgangen zu sein. Unten, kurz vor dem Boden, hatte man nichts mehr zu verlieren, oben musste man kämpfen, um dortzubleiben. Sie liebte diese Empfindungen auf ihren Streifzügen.

Allerdings wäre sie in den letzten Wochen beinahe zweimal aufgeflogen. Ob das Zufall war? Vielleicht war es an der Zeit, dieses Kapitel ihres Lebens zu beenden?

Die Sonne schien mit kräftigen Strahlen vom Himmel. Selbst am späten Nachmittag war es noch sehr heiß. In der Stadt flimmerte die Sommerluft über dem Asphalt. Sie setzte sich am Ufer auf den Rasen, schaute auf das Wasser und versuchte, eine Entscheidung zu treffen.

Als die Kirchturmuhr sechsmal schlug, tauchte sie aus ihren Gedanken auf. Sie zog die schwarzhaarige Perücke vom Kopf, stand auf und warf sie in die Benau.

45

S ven schlenderte an der angelehnten Tür des Büros
von Herrn von Lambert vorbei.

»Sven?«

»Ja, Herr von Lambert.«

»Komm bitte mal zu mir.«

Mist, bestimmt hat er doch was mitbekommen,
dachte er. Zwei Meter vor dem Schreibtisch seines Chefs
blieb er stehen und tänzelte von einem Bein auf das
andere.

»Sag mal, bist du vorhin erst gekommen?«

»Ja, na ja, also schon. Aber ich hab direkt angefangen
in der Küche.«

»Du kommst zwei Stunden zu spät zur Arbeit?«

»Heute war nicht viel los im Restaurant, da war es
doch nicht so tragisch.« Er hörte, wie sein Chef tief Luft
holte.

»So, du kannst neuerdings hellsehen und wusstest,
dass hier wenig Betrieb ist? Sven, das ist eine ganz
dumme Ausrede. Zu spät ist zu spät, egal warum.«

»Klaro. Aber, wir hätten beinahe die schwarzhaarige
Diebin erwischt!«

»Beinahe erwischt? Habe ich dir nicht gesagt, du
sollst die Frau in Ruhe lassen? Ich fasse es nicht, du

rennst hinter der angeblichen Diebin her, anstatt hier deiner Arbeit nachzugehen? Und, wer ist überhaupt ›wir‹?«

»Adrian und ich.«

»Du meinst Herrn Gasch?«

»Ja, aber er hat mir das Du angeboten.«

Herr von Lambert runzelte die Stirn.

»Marlene hat uns alarmiert. Wir haben sie dann verfolgt. Im ›Café Stressless‹ haben wir sie fast auf frischer Tat ertappt«, berichtete Sven.

»Bist du dir sicher? Du hast gesehen, wie sie gestohlen hat?«

»Na ja, ich hab gesehen, wie sie ihre Finger aus dem Jackett eines Mannes genommen hat. Ist doch klar, dass sie da nach einer Brieftasche gesucht hat. Was denn sonst?«

»Keine Ahnung. Definitiv hast du nicht beobachtet, wie sie gestohlen hat. Du hast nur gesehen, wie sie ihre Finger aus einem Jackett gezogen hat. Das ist nicht dasselbe, da muss man immerhin bei der Wahrheit bleiben!«

»Ach ja? Mit der Wahrheit nehmen Sie es ja ganz genau!« Kaum hatte er den Satz ausgesprochen, wusste er, dass es ein Fehler war. Aber er war wütend und enttäuscht. Er hatte es doch nur gut gemeint. Er wollte, dass die Diebstähle aufhören, damit niemand mehr ihn und die Kollegen verdächtigte. Insgeheim hatte er sogar auf ein Lob von seinem Chef gehofft.

»Was soll das denn heißen, Sven?«

»Ach, Sie wissen bestimmt, was ich meine.«

»Ja? Was meinst du denn? Überleg dir deine Antwort reiflich, ich bin mittlerweile ziemlich sauer.«

»Ihr Restaurant, also das hier mit den Steaks, das ist doch nur geheuchelt.«

»Was hast du plötzlich an unseren Steaks auszusetzen?«

»Gar nichts. Aber Sie essen die ja nicht!«

»Wer sagt das?«

»Niemand. Aber ich weiß genau, dass Sie alle Fleischgerichte, die Sie in der Küche bestellen im Müll verschwinden lassen.« Sven wusste, dass er seinen Job aufs Spiel setzte, schaffte es aber nicht, sich zu bremsen.

»So, so.«

»Vielleicht sind Sie sogar Vegetarier oder Veganer.«

»Und? Wenn es so wäre, Sven? Was wäre dann? Willst du ausposaunen, dass der Besitzer der ›Steaktafel‹ die Spezialität des Hauses nicht anrührt? Eigentlich ist das im Grunde nicht schlimm, oder? Der Koch brät trotzdem vorzügliche Steaks. Nur, Gäste ticken anders. Was glaubst du, was sie denken würden? Letztendlich würde dich so eine Enthüllung über kurz oder lang den Job kosten. Willst du das?«

Beide schwiegen einen Moment.

»Also stimmt es?«

»Ja, es stimmt. Du kannst mir glauben, dass ich oft darüber nachgedacht habe, ob ich es weiterhin verheimlichen soll, bin allerdings immer wieder zu demselben Ergebnis gekommen, dass es nicht förderlich für das Geschäft wäre.«

»Warum essen Sie denn kein Fleisch?«

»Ich habe unter einer schweren Allergie gelitten, die mit dem Verzehr von Fleisch zusammenhing. Es hat eine Ewigkeit gedauert, bis die Ärzte den Grund für meine Beschwerden herausgefunden haben. Leider trat die

Allergie zum ersten Mal ein Jahr, nachdem ich die ›Steaktafel‹ eröffnet hatte, auf. Seit der Diagnose esse ich kein Fleisch mehr. Alle Symptome sind seitdem nie wiedergekehrt.«

»Das ist ja schrecklich. Aber, das konnte ich ja nicht wissen, Herr von Lambert.«

Falk war kurz davor gewesen Sven rauszuschmeißen, er wusste aber, dass der Junge ihn im Laufe der Zeit als Vater adoptiert hatte. Mit Enttäuschung konnte Sven nicht umgehen. Zudem war ihm bewusst, dass er sich womöglich sogar Anerkennung von ihm erhofft hatte für seine Verfolgungsjagd.

»Setz dich doch mal.«

»Aber ich muss doch in die Küche.«

»Der Koch schafft das ohne dich.« Er musterte Sven, der nervös seine Hände knetete.

»Was ist denn?«

»Nun, du hast mir erzählt, was du beobachtet hast. Jetzt sage ich dir mal, was ich gesehen habe.«

Sven rutschte auf dem Stuhl hin- und her.

»Letztens habe ich den Müllbeutel aus meinem Büro entsorgt und bin draußen über dein Rad gestolpert. Dabei ist aus Versehen die Fahrradtasche aufgegangen. Was glaubst du, was herausgefallen ist?«

»Keine Ahnung.«

»Du weißt also nicht, wie die Sprühdosen mit Farbe in deine Tasche gekommen sind? Und bei der Farbe handelt es sich nicht zufällig um die Farbe, mit der die Autos im Viertel vollgeschmiert sind?«

»Ach die. Damit hab ich das Fahrrad von einem Freund lackiert.«

Er sah ihm eindringlich in die Augen, soweit das ging, da Sven den Blick gesenkt hielt, als suchte er etwas auf dem Fußboden. »Du bist ein schlechter Lügner!«

Kaum hatte er den Satz ausgesprochen, traten Sven Tränen in die Augen. Er wischte sich mit dem Ärmel durch das Gesicht. »Vorhin hab ich Zwiebeln geschält, Sie wissen schon, die ganz scharfen.«

Falk nickte und reichte ihm ein Taschentuch. »Warum machst du das?«

»Das sind keine Schmierereien. Ich mache das nur bei Autofahrern, die sich gegenüber Radfahrern nicht vernünftig verhalten. Sie müssen mal mit dem Rad durch die Stadt fahren, was meinen Sie, wie viele Fast-Unfälle ich auf dem Weg zur Arbeit habe? Die Autofahrer halten den Sicherheitsabstand nicht ein und nehmen einem beim Abbiegen die Vorfahrt. Erst gestern ist so ein Irrer an mir vorbeigerauscht und nach rechts abgebogen. Der hat mich gar nicht gesehen, ich hab im letzten Moment abgebremst, sonst hätte ich unter dem Auto gelegen.«

»Deshalb hast du dieses X auf sein Auto gemalt?«

»Klaro, bei dem schon.«

»Was heißt ›bei dem schon‹?«

»Na, alle finde ich ja nicht wieder. Ich schreib mir die Kennzeichen auf und wenn ich eines der Autos irgendwo parken sehe, bekommt es ein X.«

»Das X steht für was?«

»Für nichts. Einfach nur X, gekennzeichnet eben.«

Der hat Nerven, dachte Falk. Gleichzeitig fand er ihn auch erfinderisch, auf so eine Idee musste man erst mal kommen.

»Aber Sven, das nutzt doch nichts. Die Autofahrer nehmen deswegen nicht mehr Rücksicht auf die Radfahrer. Was willst du denn damit erreichen?«

Der Junge brach endgültig in Tränen aus.

»Was ist denn, Sven? Habe ich etwas Falsches gesagt?«

»Nein. Nur ... ach, Sie können das ja nicht wissen. Also, mein Bruder ist bei einem Fahrradunfall ums Leben gekommen. Wenn der bescheuerte Autofahrer besser aufgepasst hätte, wäre er noch am Leben. Das war vor zwei Jahren, da war ich noch nicht bei Ihnen.«

»Das tut mir aufrichtig leid. Hätte ich gewusst ... allerdings ... wenn du Autos beschmierst, davon hat dein Bruder nichts und kriminell ist es obendrein.«

Sven nickte.

»Bleib mal hier sitzen, ich hol uns was zu trinken.«

Nach dem zweiten Whiskey beruhigte der Junge sich allmählich.

Er lehnte sich zurück, um einen Moment nachzudenken. »Sag mal, wie war das, hast du eigentlich einen Schulabschluss?«

»Ja, Hauptschule. Allerdings mit miserablen Noten. Deshalb hab ich keine Lehrstelle bekommen.«

»Wenn du möchtest, kannst du in der ›Steaktafel‹ eine Ausbildung zum Koch anfangen. Was hältst du davon?«

Sven sah ihn verwundert an, strahlte dann aber über das ganze Gesicht. »Ja! Klaro. Gern.«

»Darauf müssen wir trinken. Keine Xe mehr auf die Autos schmieren, haben wir uns verstanden?«

»Versprochen, Chef. Und ich sage auch niemandem, dass Sie Vegetarier sind. Sie können sich auf mich verlassen.«

»Ach, lass mal, da habe ich bereits eine andere Idee ...«

Den Blick von Sven ließ er unbeantwortet.

46

*D*er Anruf von Falk kam Adrian gerade recht. Heute war so ein Tag, an dem man feiern musste. So etwas passierte manchmal, dass ohne bestimmten Grund eine Feierstimmung in der Luft lag. Vielleicht lag es an dem heißen Sommertag. Bei den Temperaturen konnte sowieso niemand schlafen. Eine mediterrane Hitze lag seit Tagen über der Stadt. Sogar spät abends konnte man leicht bekleidet durch die Straßen flanieren, ohne zu frieren.

Nach der Verfolgungsjagd hatte er ein vergnügliches Stündchen bei seiner Geliebten verbracht. Leider hatten Sven und er die Frau nicht erwischt. Im Nachhinein fragte er sich, ob es Zufall war, dass er Gero im ›Café Stressless‹ gesehen hatte und warum er sofort wieder verschwunden war. Vielleicht traf er Gero nachher in der ›Steaktafel‹, dann würde er ihn fragen. Aber vorher wollte er unbedingt am Stand vorbeigehen. Sven hatte Marlene schon angerufen und ihr von der gescheiterten Verfolgungsjagd erzählt. Er hatte aber eine andere gute Nachricht für sie.

»Na, Marlenchen, wie hast du es heute?«

»Ach, der Herr Regisseur. Jut, jut. Und selbst?«

»Fein, Marlene. Ist das nicht ein herrlicher Sommertag?«

»Na jut, aber fürs Geschäft mit die Pommes ist dat nicht jut.« Sie legte theatralisch ihren Handrücken an die Stirn. »Die werte Kundschaft hat wohl was Besseres zu tun, als schöne heiße Pommes zu essen.«

»Ach, Marlenchen, du bist wirklich einmalig.«

»Na, siehst du. Nur für eine Rolle in einem deiner Stücke reicht es nicht.«

»Gewiss, meine Liebe, deshalb bin ich hier. Nein, nein, in einem Stück kannst du leider nicht mitspielen und eine Statistenrolle am Theater habe ich ebenfalls nicht für dich. Das sage ich sofort vorweg.«

»Na jut, was denn dann?«

»Also pass mal auf. Ich kenne den Regisseur einer Amateurtruppe. Jetzt zieh nicht gleich eine Flappe. Die Gruppe ist richtig gut. Die suchen im Moment jemanden in deinem Alter. Für eine bestimmte Rolle sind alle zu jung, selbst mit Schminke und Verkleidung. Der Regisseur hat mich gefragt, ob ich nicht jemanden kenne mit Talent. Da habe ich direkt an dich gedacht.«

Marlene sagte sekundenlang nichts, was nicht oft vorkam. »Und? Treten die auch auf?«

»Gewiss treten sie auf. In jeder Saison im ›Zimmertheater‹ von Berfurt und ab und an auch mal auf Kleinkunstbühnen hier in der Nähe. Die Gruppe ist in der Szene nicht unbekannt. Ihre Vorstellungen sind immer ausverkauft. Sie heißen ›Die Spielunken‹.«

»Der Name gefällt mir. Mhm, na und was muss ick jetzt machen? Gibt dat da so ein Casting?«

»Beim Theater heißt das Audition. Nein, keine Angst.

Die Proben finden jeden Donnerstag von sieben bis zehn statt. Du gehst einfach mal hin und spielst mit. Dann sehen sie, ob es passt, und du kannst entscheiden, ob du Lust hast, dort mitzuspielen.«

»Na, gucken kann ick ja mal.«

»Super. Ich sage Bescheid, dass du am Donnerstag vorbeikommst.«

»Jut, dat mach mal, Adrian. Dat ist aber nett von dir.«

»So bin ich eben.« Er warf mit einer dramatischen Geste seinen Seidenschal über die Schulter. »Ach, was ich dir noch sagen wollte, Falk hat vorhin angerufen. Wir wollen später ein bisschen das Leben feiern. Bist du dabei?«

»Oh, oh, da bekomm ick ja gleich wieder Kopfweh, wenn ick an dat letzte Mal denke, als wir dat Leben gefeiert haben. Am nächsten Morgen hab ick mich nicht so lebendig gefühlt.«

»Das war aber auch ein Abend. Mann, was haben wir gelacht. Du musst kommen, Marlene.«

»Jut, wenn du meinst. Dann komm ick nachher rüber.«

»Du bist ein Schatz. Ach, und Falk will irgendwas Wichtiges bekannt geben. Frag mich nicht, was.«

»Ach! Na, da bin ick gespannt.«

47

*A*ufgewühlt, aber zufrieden saß Gero in der ›Steaktafel‹ und wartete auf Robina. Er war sich hun-
dertprozentig sicher, dass sie kommen würde. Nach
ihrem Gespräch auf dem Kirchturm war er kurz in die
Firma gefahren, um sich umzuziehen. Im Büro hingen
immer Anzüge, Hemden und Krawatten für den Notfall.
Er hatte keine Lust gehabt, nach Hause zu fahren.

Er hatte seinen Lieblingstisch gewählt – der Tisch, an
dem er saß, als er kafkalesend Robina zum ersten Mal
sah. Noch nicht einmal fünf Wochen lag das zurück,
doch seitdem war viel in seinem Leben passiert.

Falk kam zum ihm. »Das ist super, dass du schon
hier bist.«

»Sind wir verabredet?«

»Noch nicht. Ich wollte dich gleich angerufen. Mir
ist heute nach Feiern zumute. Adrian, Marlene und ein
paar andere kommen später vorbei, wenn das Abendge-
schäft gelaufen ist.«

»Da muss ich leider passen. Ich bin verabredet und
möchte in Ruhe essen.«

»Oh. Mit einer Frau?«

»Ja, mit einer Frau.«

»Etwa mit der … wie hast du dich ausgedrückt … ›Es ist kompliziert‹?«

»Mit eben der.«

»Ich freue mich für dich, mein Freund. Meine schwarzhaarige Schönheit sehe ich bestimmt nicht mehr wieder.«

»Wie kommst du darauf?«

»Adrian und Sven haben sie heute Nachmittag verfolgt, um zu sehen, ob sie die Diebin ist.«

»Und?«

»Sven hat angeblich gesehen, dass sie jemandem in die Tasche gegriffen hat, mehr allerdings nicht. Die zwei sind trotzdem weiter hinter der Frau her. Die Arme, stell dir mal vor, wenn sie mit den Diebstählen überhaupt nichts zu tun hat?«

»Haben sie die Frau denn gefasst?«

»Nein, sie war raffinierter. Die zwei haben sie aus den Augen verloren. Hier bei mir trinkt sie bestimmt nie mehr ihren Kaffee. Aber ich lasse dich jetzt mal alleine. Ich wollte das hier noch aufhängen.« Falk wedelte mit einem Zettel in der Hand herum. »Wenn die Schöne ›es ist kompliziert‹ nicht kommt, wir sitzen wie immer da drüben.«

»Sie wird kommen, verlass dich drauf.«

»Ich drücke dir die Daumen.«

»Danke.«

An der Eingangstür platzierte Falk den Zettel in die Mitte der Tür auf Augenhöhe, für jeden gut lesbar. Mit Tesa befestigte er das alles von innen an der Glasscheibe. Dann ging er nach draußen und sah sich das Ergebnis an.

Freundliche Bedienung ab sofort gesucht.
  In Teilzeit.
  Gelegentliche Mithilfe in der Küche erwünscht.
  Tolles Restaurant – tolle Kolleg*innen.
  Bei Interesse einfach eintreten.

Er war zufrieden mit den Entscheidungen, die er im Laufe des Tages getroffen hatte. Nachdem er sich mit Sven über seine Ausbildung zum Koch einig geworden war, hatte er beschlossen, dass Garco dringend Unterstützung brauchte. Die anderen Aushilfen, die Garco zur Hand gingen, reichten seit einiger Zeit nicht mehr aus. Der Kellner erledigte seinen Job ausgezeichnet, aber er war auch nicht mehr der Jüngste. Sven begann seine Ausbildung in der Küche und musste auch zur Berufsschule gehen.

Eine weitere gravierende Änderung in der ›Steaktafel‹ wollte er heute Abend bekannt geben und war gespannt, wie seine Freunde darauf reagierten würden. Er freute sich schon auf ihre Gesichter.

48

*A*uf dem Weg zur ›Steaktafel‹ wurde Robina mit jeder Sekunde nervöser. An der Benau hatte sie lange mit sich gerungen, bis ihre Gefühlte gesiegt hatten. Das Wegwerfen der schwarzen Perücke hatte ihr gutgetan. Sie hatte das Gefühl, sich dadurch von ihrem alten Leben mit den Streifzügen verabschiedet zu haben. Was jetzt auf sie zukam … davon hatte sie nicht einmal eine vage Vorstellung. Ihr kam ein Buch in den Sinn, das sie gelesen hatte. Darin stand, erst wenn man eine Tür hinter sich zumacht, geht vor einem mindestens eine andere Tür auf. Man muss aber die Tür richtig zu machen und sich verabschieden. Das war eine gute Theorie.

Nur hatte sie im Moment das Gefühl, sich genau im Zwischenraum der beiden Zustände zu befinden, in dem die eine Tür zu, aber noch keine neue in Sicht war, die sich öffnete. Sie fühlte sich wie auf Glatteis.

Erst wollte sie in ihre Wohnung fahren, um sich umzuziehen und ihre Haare in Form zu bringen. Die Zeit war allerdings zu knapp. Deshalb hatte sie ein allerletztes Mal gestohlenes Geld ausgegeben. Den Rest der heutigen Beute zusammen mit dem Geld, das in ihrer Kommode zu Hause lag, würde sie spenden.

Ein wunderschönes rotes Kleid hatte sie gekauft. Das dezente Rot passte hervorragend zu ihren Haaren. Sie kannte das Vorurteil, dass Rothaarige keine rote Kleidung tragen sollten, fand aber, dass das Kleid ihr ausgesprochen gut stand. Danach war sie zum Friseur gegangen. Nun fühlte sie sich trotz ihrer inneren Unsicherheit sehr attraktiv.

Leider hatte alles doch länger gedauert als geplant. Sie kam zu spät. Hoffentlich wartete er auf sie.

Vor der ›Steaktafel‹ atmete sie tief durch. Bevor sie die Tür öffnete, fiel ihr ein Zettel an der Scheibe auf: *Freundliche Bedienung* ... Sie war gespannt, von was für einem beruflichen Angebot Gero auf dem Kirchturm gesprochen hatte.

Schon von Weitem lächelte er ihr entgegen. Heute Nachmittag, an diesem ungewöhnlichen Nachmittag, hatten sie sich kaum berührt. Jetzt allerdings nahm er sie in den Arm und küsste sie rechts und links auf die Wange.

»Schön, dass du da bist. Du siehst umwerfend aus.«

49

*G*arco, bring uns bitte noch einen Korb mit Baguette«, sagte Falk.

Adrian und Falk probierten konzentriert den Bordeaux, den Garco serviert hatte. Die Wirkung des Whiskeys von heute Nachmittag war noch nicht ganz verflogen.

»Sieh mal, da hinten sitzt Gero!«, sagte Adrian.

»Ich weiß. Wow, die sieht aber klasse aus.«

»Gewiss. Ich hab ihn lange nicht mehr mit einer Frau gesehen. Auch nicht mit seiner eigenen.«

»Dazu sage ich nichts. Da hülle ich mich in Schweigen.« Seit einiger Zeit vermutete er, dass Adrian ein Verhältnis mit der Frau von Gero hatte, aber aus der Thematik hielt er sich bewusst heraus.

Der Kellner kam an ihren Tisch zurück. »Bitte schön, Herr von Lambert, einmal Baguette zum Wein.«

»Garco, ist alles in Ordnung? Du guckst irgendwie bedröppelt?«

»Ja. Das heißt Nein. Ich hab den Zettel draußen gesehen.«

»Du meinst die Bedienung, die ich suche?«

»Ja.«

»Was ist damit?«

»Na, ich dachte nur. Mit meinem Job hat das nichts zu tun, oder?«

Er sah Garco verwundert an, ahnte allerdings seine Gedanken. »Nein, um Gottes willen, die Bedienung ist zusätzlich.«

Der Kellner versuchte sich an einem Lächeln, das nicht überzeugend wirkte.

»Komm, wir besprechen das kurz in meinem Büro. Du entschuldigst mich einen Augenblick?«, sagte Falk.

»Ja, ich sehe mir derweil unser frisch gebackenes Pärchen an.« Adrian grinste.

Falk setzte sich salopp auf seinen Schreibtisch.

»Garco, Sven macht eine Ausbildung zum Koch bei uns und da soll er was lernen in der Küche. Dann hat er keine Zeit mehr, dir zum Beispiel beim Tischabräumen zur Hand zu gehen. Hinzu kommt, dass die anderen Aushilfen, die dich unterstützen, schon lange nicht mehr ausreichen.«

Der Kellner nickte.

»Aber das hat nichts mit deiner Anstellung zu tun. Da bleibt alles beim Alten. Du weißt doch, wie zufrieden ich mit dir bin.«

»Danke, Herr von Lambert. Ich dachte schon …«.

Er überlegte, wie er ihm die Unsicherheit nehmen könnte. Heute war wohl der Tag der Wahrheiten. Er wollte unbedingt, dass der erfahrene Kellner weiterhin für ihn arbeitete. »Garco, ich sag dir mal was. Ich wünsche mir, dass du noch lange hier arbeitest, also so lange du das möchtest natürlich.«

»Das höre ich gern, Herr von Lambert.«

»Ich weiß allerdings, dass damals in der Bewerbung das Zeugnis von deinem letzten Arbeitgeber gefälscht war.«

Garcos Gesichtsfarbe wechselte von normal auf kreidebleich. »Ja, na, Herr von ... ich kann das erkl...«

»Mach dir keine Gedanken. Ich möchte dir damit nur sagen, dass ich dich trotzdem eingestellt habe, obwohl ich das wusste. Weißt du, ich hatte das Gefühl, dass du Feuer und Flamme warst für den Job und unbedingt in meinem Restaurant arbeiten wolltest. Das hat mir gefallen und mein Gefühl hat mich schließlich nicht getäuscht.«

Verlegen sah der Kellner auf den Boden. »Darf ich fragen, woran Sie gemerkt haben, dass es sich um eine Fälschung handelte?«

»Kontakte. Mal unter uns ... für den alten Miesepeter hätte ich auch nicht arbeiten wollen.«

»Und all die Jahre hatte ich ständig Angst, dass Sie es doch noch herausbekommen.«

»Nun haben wir das ja geklärt.«

»Ja, dann geh ich mal wieder an die Arbeit. Und, Chef, dass der Junge eine Lehrstelle bekommt, das finde ich ganz toll von Ihnen.«

Er schmunzelte. Der Kellner benutzte sonst nie die saloppe Anrede ›Chef‹, die Sven ständig gebrauchte.

Falk schlenderte zurück. »Na, Adrian, hast du was Interessantes beobachtet bei den zwei Hübschen?«

»Nein, die reden nur.«

50

*I*rgendwie verrückt, findest du nicht? Vor einem Monat saß ich hier noch alleine mit meinem Kafka-Buch, als du hereinkamst«, sagte Gero.

»Ja, ich erinnere mich noch gut daran.«

»Jetzt kannst du es mir doch sagen. Was genau hast du in meinem Jackett an der Garderobe gesucht?«

»Glaubst du mir denn? Egal, was ich antworte?«

»Ja. Egal, was du sagst, ich glaube es dir, versprochen.«

»Nun ja, du hattest mich interessiert angesehen und dann passierte die lustige Szene mit Garco und dem Wiener. Weißt du noch? Dann haben wir uns angelächelt. Das hat mich nervös gemacht. Einen Moment dachte ich, du bist vielleicht ein Polizist in Zivil. An der Garderobe hat mich die Neugierde gepackt, ich wollte einfach nur wissen, wer du bist. Auf jeden Fall wollte ich dich nicht bestehlen! Glaubst du mir das?«

»Ja. Seh ich etwa aus wie ein Polizist?«

»Ich weiß nicht.« Robina lächelte ihn an, mit einem frechen Zug um den Mund.

»Aber wieso hast du mich nicht einfach gefragt?«

»Na ja, weißt du, von wegen flirten und so ... da bin ich ein bisschen aus der Übung.«

»Aus der Übung?«

»Ja! Überrascht dich das?«

»Bei deinem Aussehen?«

»Ehrlich, Gero, meine letzten zwei Jahre waren ziemlich einsam. Seitdem ich arbeitslos bin und speziell die Zeit, als das Geld vom Amt immer weniger wurde … die war nicht witzig. Da hat man schlagartig nicht mehr viele Freunde.«

»Entschuldige, darüber habe ich mir ehrlich gesagt noch nie Gedanken gemacht. Ich war allerdings auch noch nie arbeitslos.«

»Und bestimmt noch nie ohne Geld.«

»Robina, die Zeit, in der ich bei meiner Großmutter gelebt habe, nachdem meine Eltern gestorben sind … die Jahre waren auch nicht lustig.«

»Pardon, daran hatte ich nicht mehr gedacht.«

»Kein Problem. Aber über deine Arbeitslosigkeit wollte ich ja sowieso mit dir sprechen.«

»Ich arbeite nicht für dich! Das kann ich dir direkt schon mal sagen.«

»Okay, das ist eine klare Aussage.«

Garco brachte den Hauptgang und entfernte sich diskret. Er schien zu spüren, dass hier Small Talk fehl am Platz war.

»Das habe ich mir beim Spazierengehen an der Benau überlegt. Das ist für mich keine Option, selbst wenn es bedeutet, dass ich umziehen muss und …«

»Stopp! Ich will dir keinen Job anbieten. Jedenfalls nicht so, wie du denkst.«

»Was denn dann?«

»Als ich in deiner Wohnung war …«

»Eingebrochen bist.«

»Als ich in deiner Wohnung war! Da habe ich mich in deinem Atelier umgesehen und ein paar der Bilder näher betrachtet. Sie sind gut. Wirklich gut, meine ich.«

»Soll ich etwa für dich malen?«

»Ja, genau.«

»Was?«

»Du kannst für mich malen, das ist mein Angebot.«

»Wie stellst du dir das denn vor? Was genau soll ich für dich malen?«

»Nicht direkt für mich, so meinte ich das nicht. Ich werde dein Mäzen. Das heißt konkret, ich unterstütze dich ein Jahr lang finanziell und du malst. In dieser Zeit sollte es dir gelingen, deine Bilder in einer Ausstellung zu präsentieren und zumindest ein paar zu verkaufen. Was hältst du von meinem Vorschlag?«

Sie verschränkte beide Arme und wirkte nachdenklich. »Und? Was hast du davon?«

»Ich bekomme tolle Gemälde zu sehen. Vielleicht hänge ich das ein oder andere in mein Büro.«

Robina runzelte die Stirn. »Ich soll einfach so Geld von dir annehmen?«

»Wir können gern eine andere Vereinbarung treffen. Dann wäre ich eher dein Sponsor. Wenn du es schaffst, Bilder zu verkaufen, werde ich prozentual am Gewinn beteiligt. Sagen wir mit vierzig Prozent.«

»Fünfundzwanzig!«

»Ah, sieh an. Die Geschäftsfrau Robina kannte ich bislang noch nicht. Aber schön. Dreißig Prozent!«

»Dreißig, abgemacht.«

»Gut, dann sind wir uns einig.«

Sie nickte und stand abrupt auf. »Ich bin sofort wieder da.«

Verwundert sah er ihr hinterher. Sie ging zu dem Tisch, an dem Falk und Adrian saßen. Gero wurde nervös, als er sah, dass sie sich mit Falk unterhielt.

51

*N*ach einer gefühlten Ewigkeit kam Robina endlich zu ihm zurück.

Sie strahlte über das ganze Gesicht. »Jetzt habe ich vielleicht noch einen Job.«

»Wie meinst du das?«

»Ich habe den Restaurantbesitzer nach dem Job gefragt, der draußen an der Tür aushängt. Er hat gesagt, ich kann nächste Woche zum Probearbeiten vorbeikommen. Wenn alles gut läuft und es mir hier gefällt, habe ich den Job.«

»Ich dachte, wir waren uns gerade einig, dass du malst?«

»Ja, nur ich möchte nicht nur von deinem Geld leben, das liegt mir nicht. So kann ich wenigstens selbst etwas verdienen und zum Malen bleibt mir noch jede Menge Zeit. Es ist kein Vollzeitjob.«

»Einverstanden. Besser, als wenn du wieder klauen gehst.«

Beide erschraken, als Garco plötzlich an ihrem Tisch stand und sich laut räusperte, so vertieft waren sie in ihr Gespräch. Der Kellner servierte den Nachtisch, schenkte Champagner ein und entfernte sich mit einem Lächeln auf den Lippen.

»Puh, ich platze gleich. Ich habe seit einer Ewigkeit nicht mehr so gut gegessen. Das Dessert muss ich aber unbedingt noch probieren.«

»Das freut mich. Bist du von dem erbeuteten Geld nie in gute Restaurants zum Essen gegangen?«

»Nein, nur ganz selten. Alleine macht das keinen Spaß. Wenn ich jemanden aus meinem Bekanntenkreis eingeladen hätte, wäre ich in Erklärungsnot gekommen, warum ich mir das leisten kann. Auf den Streifzügen habe ich meistens nur Kleinigkeiten gegessen. Irgendetwas musste ich ja bestellen, wenn ich länger in einem Lokal zu tun hatte.«

Das Mango-Parfait schmeckte himmlisch. Sie sahen immer nur sekundenlang auf den Teller, um möglichst viel Zeit damit zu verbringen, sich anzustrahlen. Beide bekamen nicht genug davon, dem anderen in die Augen zu sehen.

Robina wünschte sich, mit Gero alleine zu sein, genoss es aber anderseits auch, unter Menschen zu sein. In seiner Gegenwart fühlte sie sich sehr wohl und dachte, der Abend sollte am besten nie zu Ende gehen. Geros Blick verriet ihr ähnliche Gedanken.

Falk winkte Marlene zu, die gerade hereinkam.

»Jut, da seid ihr beiden ja.« Sie begrüßte ihn und Adrian mit Küsschen rechts und links.

»Marlenchen, kann ich dir ein Glas von diesem edlen Tropfen anbieten?«, fragte Falk. Das war eine rhetorische Frage, er wusste, dass sie keinen Wein trank.

»Nee, ein ordentliches Bier wär mir lieber.«

Falk verdrehte die Augen. »Garco, bitte ein Bier für Madame.«

»Meinst du, wir schaffen es irgendwann, Frau Marlene das Biertrinken abzugewöhnen?«, fragte Adrian.

»Ich schätze, das schaffen wir nicht mehr.«

»Was habt ihr nur immer gegen dat Hopfengetränk, ist doch lecker, und ick kann auch viel mehr davon trinken als ihr von dat Weinzeugs da.«

Die Diskussion führten die drei immer wieder aufs Neue. Falk war bewusst, dass jeder Überzeugungsversuch sinnlos war, selbst wenn er den besten Wein aus dem Keller holen würde.

»So, Feierabend«, sagte Sven zu sich selbst. Er hatte sich umgezogen und schlenderte zur Theke, um ein Feierabendbier zu trinken. Im Restaurant war nur noch ein Tisch besetzt. Als er auf einem der eleganten Barhocker Platz nehmen wollte, winkte Adrian ihm zu.

»Sven! Komm, setz dich zu uns!«

Die zwei hatten gut dem Rotwein zugesprochen und Marlene saß auch nicht mehr vor ihrem ersten Getränk. Den Whiskey vom Nachmittag merkte er nicht mehr. Vielleicht hatte sich der Alkohol bei der körperlichen Arbeit in der Küche abgebaut. Er prostete allen zu und genoss das kühle Bier.

»Guck mal, Falk. Jetzt steht es zwei zu zwei«, stellte Adrian fest.

»Ja, mein Freund. Zwei Wein, zwei Bier.«

»Dat geht so aber nicht. Da muss noch ein Bier dazu.«

»Nein, nein, an diesen Tisch kommen ab sofort nur noch Weintrinker«, sagte Falk.

Alle lachten.

»Ihr seid doch schon betrunken, da wette ick eine Currywurst drauf.«

»Nee, nee, meine Liebe. Gewiss ist dat nicht so. Ick, also wir, die Weintrinker, sind total nüchtern.« Adrian versuchte, Marlenes undefinierbaren Dialekt nachzuahmen.

»Das können wir ja testen.«

»Wie denn, Chef. Wollen Sie etwa Blutproben nehmen?«, fragte Sven.

»Nein, viel besser. Ihr entschuldigt mich einen Augenblick?«

Falk kam mit einer Rolle Klebeband in der Hand zurück und schob Stühle und Tische zur Seite.

»Was wird das denn?«, fragte Adrian.

Die drei sahen sich belustigt an.

»Das wird der Test.« Falk bückte sich, um einen Streifen Klebeband auf dem Boden zu befestigen, hielt jedoch inne. »Garco, du bist doch noch nüchtern, oder?«

»Ja natürlich, Herr von Lambert.«

»Bitte zieh doch hier mal einen schönen geraden Streifen mit dem Klebeband auf den Boden.«

Garco sah Falk verwundert an, begann aber sofort damit, das Band von der Rolle abzuziehen.

»Ich fange an. Gleich werden wir sehen, wer hier nüchterner ist, die Wein- oder die Biertrinker.«

Marlene, Sven und Adrian standen sofort auf, den Spaß wollten sie sich nicht entgehen lassen.

Falk stand an einem Ende des Klebestreifens und tat so, als konzentrierte er sich. »Ein bisschen mehr Engagement bitte.«

Adrian und Sven trommelten mit den Händen auf

den Rand der Theke. Sogleich setzte Falk einen Fuß auf die Linie. Vorsichtig versuchte er, einen Fuß nach dem anderen möglichst gerade auf dem Klebeband abzusetzen. Es gelang ihm nur bis zur Mitte. Dort geriet er ins Straucheln und wich zur Seite aus.

Alle lachten.

»Macht es erst einmal besser!« Zum fairen Vergleich klebte er ein Stück Band an die Stelle, bis zu der er gekommen war, und schrieb mit einem Stift seinen Namen darauf.

Als Zweites wagte sich Sven an das Experiment. Er kam fast bis zum Ende. Alle klatschten.

Marlene und Adrian schafften es nicht einmal bis zur Hälfte. Trotzdem hatten alle ihren Spaß.

»Revanche«, rief Adrian.

In dem Moment kam eine illustre Truppe herein. Adrian begrüßte die Kollegen herzlich. Es waren einige Schauspieler und Tänzer aus dem Theater, die er eingeladen hatte. Falk und Marlene kannten die meisten und hießen sie willkommen.

Eine Tänzerin sah den Klebestreifen und fühlte sich sofort aufgefordert, auf ihm zu balancieren, was ihr natürlich fehlerfrei gelang. Sie drehte gleich noch eine Pirouette auf der Stelle, ohne den Fuß von der Linie zu entfernen, und erhielt viel Applaus.

Adrian bekam seine Revanche. Nach mehreren lustigen Durchgängen ebbte das Interesse ab. Irgendjemand kam auf die Idee, das Spiel in eine Art Limbo zu ändern. Sven drehte die Musikanlage, die sonst nur dezente Klänge zum Essen spielte, mit passender Musik auf.

Zwei Schauspieler hielten einen Streifen Klebeband hoch und alle tanzten mit durchgedrücktem Rücken darunter hindurch.

Robina und Gero sahen dem Treiben eine Weile zu und gesellten sich dann dazu.

52

*R*obina tanzte Limbo unter dem Klebeband hindurch, während Gero ihr bewundernd dabei zusah.

Plötzlich stand Adrian neben ihm. »Sag mal, was wolltest du eigentlich heute Nachmittag im ›Stressless‹?«

»Kaffee trinken, was sonst?«

»Aber du bist rasch wieder raus, nachdem du Sven und mich gesehen hast?«

»Ach so, ja, das hatte nichts mit euch zu tun. Glaubst du, ich flüchte vor dir?«

Adrian verzog den Mund.

»Ich bekam einen wichtigen Anruf rein und zog es vor, draußen vor der Tür zu telefonieren. Wieso fragst du?«

»Ach, nur so.«

»Vor dem Café hab ich allerdings beobachtet, wie Sven und du an mir vorbeigerannt seid. Was hatte das denn zu bedeuten?«

»Ach, das. Gewiss. Du, nichts Besonderes.«

»Dann sind wir uns ja wieder einig.« Er grinste den Regisseur an. »Sag mal, Adrian, was mich wirklich interessieren würde, wie machst du das in deinem Job? Du musst doch irgendwie die Texte von den Stücken lesen, die ihr aufführt?«

Adrian blickte ihn erschrocken an und sah sich nach allen Seiten hin um, ob irgendjemand zuhörte. Aber alle anderen tanzten. »Gero, das muss unter uns bleiben!«

»Ja, mach dir keine Sorgen. Ich hab mich nur hinterher gefragt, wie das funktioniert.«

»Ich habe ein sehr gutes Gedächtnis. Alles, was ich höre, kann ich mir sofort merken. Früher hab ich mir meine Post, die Skripte und das ganze Zeug von einer Studentin vorlesen lassen. Topsecret natürlich. Heute, im Computerzeitalter, ist ja alles viel leichter. Weißt schon, Texterkennung. Sogar über das Smartphone kann ich mir alle Texte vorlesen lassen.«

»Ah, verstehe.«

»Das ist mal wieder typisch für dich. Du musst das Thema unbedingt noch mal ansprechen, was?«

»Was? Nein, ich wollte wirklich nur wissen …«

»Weiß deine Frau eigentlich, dass du eine neue Liebschaft hast?«

Jetzt grinste Adrian ihn siegessicher an.

»Von Liebschaft kann nicht die Rede sein, mein Lieber. Letzte Woche habe ich die Scheidung eingereicht. Ich weiß aber, dass ich mir um das Liebesleben meiner demnächst Ex-Frau keine Sorgen machen brauche. Du kümmerst dich doch hervorragend um ihre Bedürfnisse …«

Sämtliche Farbe wich aus Adrians Gesicht. »Ich wusste nicht … wie lange weißt du … ich kann dir …«

»Du, kein Problem. Unsere Ehe war schon lange keine mehr. Du hast sie jetzt ganz für dich alleine. Einer ernsthaften Beziehung steht ab sofort nichts mehr im

Weg. Wenn du möchtest, kannst du sie sogar bald heiraten.«

Adrians Teint glich inzwischen der Farbe blütenweißer Wäsche. »Nein! Du ... also ... ich ... nur eine Affäre ...«

»Auf euch.« Er trank einen großen Schluck Wein und ließ Adrian stehen.

Mittlerweile war das Limbo-Spiel beendet; alle tanzten Salsa. Gero hielt Robina eine Hand hin. »Darf ich bitten.« Sie strahlte ihn mit ihren wunderschönen blauen Augen an.

Falk ging zu Garco hinüber, der den Tisch abräumte, an dem Robina und Gero gesessen hatten. »Lass gut sein. Das kann heute auch mal stehen bleiben, komm zu uns und feier mit.«

Garco nickte, dabei hasste er es zu tanzen.

Als er aber an der Theke vor einem frisch gezapften Bier saß, genoss er die lebendige Atmosphäre der Spontanparty. Ich muss ja nicht tanzen, dachte er und prostete Sven zu.

53

S ven spielte weiterhin den DJ. Die Stücke, die er
aussuchte, gefielen allen. Ein Lied endete und die
Töne des nächsten klangen an. Da gab Falk Sven ein
Zeichen, die Musik leiser zu stellen.

Alle hörten auf zu tanzen und sahen ihn gespannt an.

»Meine Freunde, ich habe eine Neuigkeit zu verkün-
den. Ihr alle wisst, wie sehr ich an meiner ›Steaktafel‹
hänge und dass ich mich über jeden Tag freue, an dem
viele Gäste ihre Zeit in meinem Restaurant verbringen.
Trotzdem habe ich eine Entscheidung getroffen.«

Ein Raunen ging durch die Zuhörer. Wahrscheinlich
befürchteten sie, dass er das Restaurant schließen wollte.

»Ich habe mich, nach reiflicher Überlegung entschlossen, die Speisekarte zu ändern. Keine Angst, unsere Steaks, die ihr so gern esst, gibt es weiterhin. Aber, wir
bieten demnächst zusätzlich vegetarische Gerichte an.«

Falk blickte in verwunderte Gesichter, doch dann
klatschten alle Beifall.

»Ihr wisst bestimmt, dass die Entwicklung schon
länger in die Richtung geht. Es gibt immer mehr Menschen, die kein Fleisch mehr essen und sogar vegane
Ernährung erfreut sich immer größerer Beliebtheit. Da

möchte ich nicht den Anschluss verpassen und neben den Steaks eine vegetarische Küche anbieten.«

Alle nickten, nur Sven grinste vor sich hin.

»Außerdem beginnt Sven eine Ausbildung zum Koch bei uns. Wir haben heute Nachmittag alles besprochen. Ich freue mich sehr darüber.«

Sven war der einsetzende Beifall sichtlich peinlich. Er drehte sich abrupt zur Musikanlage um.

»Genug der Neuigkeiten. Das war es, was ich sagen wollte. Ich hoffe sehr euch weiterhin in der ›Steaktafel‹ begrüßen zu können. Aber jetzt, Sven, bitte Musik.«

Alle tanzten sofort weiter, außer Garco. Marlenes Versuche, ihn zum Tanzen zu bewegen, blieben erfolglos. Sie gab es schließlich auf und tanzte alleine. Adrian vergnügte sich mit einer Tänzerin und legte eine flotte Sohle aufs Parkett.

Tanzen kann er, dachte Gero neidlos. Er tanzte eng umschlungen mit Robina und fühlte sich so glücklich wie lange nicht mehr. Falk stand am Rand der Tanzfläche und musterte Robina. »Entschuldige, kann ich dich einen Moment alleine lassen?«

»Kein Problem, ich tanze einfach ohne dich weiter.«

Gero prostete Falk zu.

»Schöne Party, oder?«

»Schöne Entscheidung, die du getroffen hast. Vegetarische Gerichte auf der Speisekarte, mir gefällt es.«

»Ja, findest du?«

»Natürlich, die Begründung ist stimmig und der Markt entwickelt sich genau so, wie du es erklärt hast. Aber lass uns heute Abend nicht über Geschäfte reden.«

»Einverstanden. Sag mal, deine rothaarige Schönheit

kommt mir irgendwie bekannt vor. Mir fällt nur nicht ein, wo ich sie schon mal gesehen habe.«

»Nein, das kann nicht sein, sie ist nur selten in Berfurt.«

»Mhm, man sieht ja so viele Leute den ganzen Tag über. Ich bin mal gespannt, ob noch mehr Diebstähle im Viertel passieren, nachdem Sven und Adrian die schwarzhaarige Frau heute Nachmittag verfolgt haben.«

»Wer weiß. Vielleicht ist sie durch eure Verfolgungsjagd abgeschreckt worden.«

»Das könnte durchaus sein und wäre gut für den Ruf der ›Steaktafel‹. Die Autoschmierereien hören ab sofort auch auf.«

»Woher willst du das wissen?«

Falk biss sich auf die Zunge. »Ach, ich hab gehört, dass sie irgendwen geschnappt haben …«

Robina bewegte sich sehr gekonnt auf der Tanzfläche zu einer Rockballade. Falk und Gero sahen sie an.

»Schön, dass sie für mich arbeiten wird.« Falk grinste Gero an.

»Schön, dass sie für mich malen wird.«

»Ach?«

»Ich bin ihr Mäzen. Und natürlich nicht nur das …«

»Mein Freund, ich wünsche dir alles Glück der Welt.«

54

Robina und Gero tanzten beschwingt weiter. Sie schmiegten sich aneinander.

»Gleich geht bestimmt schon die Sonne auf«, sagte Robina.

Er warf einen Blick auf die Uhr. »Ein bisschen dauert es noch. Ich hab eine Idee. Komm, wir verschwinden, ich muss dir was zeigen.«

Sie verabschiedeten sich von den anderen, die heute alle vom Feiern nicht genug zu bekommen schienen.

Auf dem Bürgersteig winkte er ein Taxi heran.

»Wohin fahren wir denn?«

»Das ist ein Geheimnis.«

»Ich liebe Geheimnisse.«

Sie wunderte sich, dass sie nach einer Weile in die Straße einbogen, in der die Target AG lag.

»Willst du noch arbeiten?«

»Nein.«

»Bei Workaholics kann man nie wissen.«

»Ach? Ich bin also ein Workaholic?«

»Das sind doch die meisten deiner Sorte. Nun sag schon, was wollen wir in deiner Firma?«

»Du bist zu neugierig.«

Gero bezahlte das Taxi und reichte ihr die Hand zum Aussteigen. Am Eingang gab er einen Sicherheitscode ein, die Tür sprang auf und sie durchquerten die Eingangshalle. Robina dachte an den Tag zurück, als sie am Empfang gestanden hatte und der Portier versucht hatte, sie diskret abzuwimmeln. Zum Glück war sie hartnäckig geblieben.

Sie blieb vor dem Aufzug stehen, während er das Treppenhaus ansteuerte.

Gero schüttelte den Kopf. »Nein! Du hast doch gesehen, dass das nicht geht.«

»Doch, es ging.«

»Nein, wirklich Robina, lass uns die Treppen nehmen.«

»Nein.« Sie drückte den Knopf, um die Aufzugtür zu öffnen.

»Robina, hör mal, da vor ein paar Tagen, da war ich abgelenkt …«

»Ich lenk dich wieder ab.« Sie zog ihn in den Aufzug, der sich zur obersten Etage in Bewegung setzte. Er wollte etwas sagen, doch sie schloss seinen Mund mit einem Kuss und schmiegte sich an ihn. Er drückte sie sanft an die Wand. Ihre Lippen ließen nicht voneinander los, bis das unromantische Ping des Aufzugs erklang.

»Du bist unglaublich«, sagte er.

»Ach, sieh an.«

Sie wandte sich in die Richtung, in der sein Büro lag, doch er nahm ihre Hand und öffnete eine Tür zu einem Treppenhaus. »Nach ganz oben gibt es keinen Aufzug.«

»Da hast du aber Glück.«

Oben erstreckte sich vor ihnen eine gigantische Dachterrasse. Hier gab es nicht nur eine Bar und eine

Sofalounge, sondern auch einen Whirlpool. Hohe Geländer aus Glas umrahmten das Flachdach des Bürogebäudes an drei Seiten. An der offenen Fläche erstreckte sich eine Brüstung aus alten Steinen, über die man bequem in die Ferne sehen konnte. Trotz der frühen Morgenstunde war es hier oben angenehm warm.

Sie stellte sich an die Balustrade. Bei dem atemberaubenden Ausblick stockte Robina sekundenlang der Atem. Selbst die Aussicht aus Geros Büro war nicht annähernd so fantastisch. Er ließ sie einen Moment allein und kam mit zwei Gläsern Champagner zurück.

Von hier aus sah sie sogar die Benau, die sich durch Berfurt schlängelte. Genau dort zeigte die Sonne ihre ersten Strahlen des Tages. Er stand hinter ihr und hielt sie fest umschlungen. Schweigend sahen sie der Sonne beim Aufgehen zu und genossen den faszinierenden Anblick.

»Das ist der schönste Morgen seit Langem«, flüsterte sie.

»Willkommen in meinem Leben.«

Dank

*M*orgen fängt der NaNo an!«
Es ist schon eine Weile her, als am letzten Tag im Oktober dieser Satz fiel. Ich saß in trauter AutorInnen-Runde bei Kaffee und Kuchen im Café und blickte in begeisterte Gesichter.

»NaNo? Was ist das denn?«, fragte ich.

Als Antwort erhielt ich, dass NaNo die Abkürzung für NaNoWriMo ist, was wiederum für National Novel Writing Month steht. Ein kreatives Schreibprojekt, das jedes Jahr weltweit im November stattfindet. Ziel ist es, innerhalb der dreißig November-Tage einen Roman mit mindestens 50.000 Wörtern zu verfassen.

Ich war sofort Feuer und Flamme und meldete mich kurzentschlossen an. Bei Nacht und Nebel – es war ja November – erfand ich sämtliche Romanfiguren und schrieb munter drauflos. Die Grundidee und die Figur Robina Hood spukten mir schon länger im Kopf herum. Beides wollte unbedingt aufs Papier, sprich in die Tastatur – das tägliche Pensum der fast 1.667 Worte erledigte sich wie im Flug.

Von der NaNo-Version bis zum druckreifen Roman floss natürlich noch viel Wasser durch die Benau.

Bei der Fertigstellung stand mir mit Rat und Tat mein Lektor Michael Lohmann zur Seite. Vielen Dank für das Aufspüren von Ungereimtheiten im Text, die konstruktive Zusammenarbeit und aufmunternden Worte.

Unbedingt erwähnen möchte ich meine sehr hilfreichen Testleserinnen Claudia Haring, Miriam Kriekhaus und Silke Meyer. Herzlichen Dank für ihre Zeit, Mühe und ein mit Spannung erwartetes allererstes Feedback.

All meinen lieben FreundIinnen danke ich für ihren aufbauenden, moralischen und seelischen Beistand, für lebhafte Diskussionen über Buchinhalte sowie für leicht und lustig verbrachte Zeit, in der ich prima Kraft tanken konnte.

Mein besonderer Dank geht an Gerd, dem wunderbaren Mann an meiner Seite, für sein unendliches Verständnis für meine Schreibleidenschaft; auch für seine ausgedehnten Rennradtouren, die sich ab und an länger gestalteten als geplant – nur um mich nicht vom Schreiben abzulenken.

Marie Winnefeld
Seeflimmern und Salzstangen
Roman
ISBN 978-3-74816-384-8
Auch als E-Book erhältlich

Mit List und Herz zum Glück

Lisas Neuanfang startet mit einem Umzug an den See. Ein idyllischer Ort, um ihr ungewöhnliches Lebenskonzept zu verwirklichen. Lisas Traum scheint wahr zu werden.

Doch schon bald ziehen dunkle Wolken am Horizont auf. Sie trifft zufällig Jan wieder, ihre große Liebe aus der Schulzeit. Gefühle von einst flammen auf – jedoch auch schmerzvolle.

Als wenig später das Grundstück am See an einen skrupellosen Investor verkauft werden soll, droht Lisas Traum zu zerplatzen wie eine Seifenblase.

Mit aller Kraft setzt Lisa sich gegen den Verkauf und ihre Gefühle zur Wehr. Um ihr Ziel zu erreichen, greift sie zu manch listigem Trick und scheut kein Risiko.

Wird es Lisa gelingen, das Chaos zu lichten? Folgt sie ihrem Herzen oder wird sie alles verlieren?

Kirsten Harder
Waschen, Schneiden, Melken:
Eine Liebesgeschichte in Irland
Roman
ISBN 978-3-98207-990-5
Auch als E-Book erhältlich

Die romantische Bestseller-Komödie mit dem Kuhfriseur

Wozu, um alles in der Welt, müssen Kühe frisiert werden?

Star-Koch Tom macht sich auf den Weg nach Irland, um seinen neuen Job in einem Sterne-Restaurant anzutreten. Unterwegs strandet er auf einer irischen Kuh-Farm, wo er auf die Kuhzüchterin Catherine trifft. Er weiß sofort: Sie ist die Liebe seines Lebens.
Catherine hält Tom für den neuen Mitarbeiter, den sie zur Unterstützung auf dem Hof engagiert hat. Eine gute Wahl, findet sie: Endlich mal ein attraktiver Mann, der ihre Kühe ebenso zu lieben scheint wie sie selbst.
Tom beschließt, Catherines Irrtum noch nicht aufzuklären. Erst will er ihr Herz gewinnen, bevor er ihr die Wahrheit sagen kann: dass er mit Kühen bisher nur in Form von Rinderbraten zu tun hatte …
Um Catherine zu beeindrucken, legt er sich besonders ins Zeug, als es darum geht, beim nationalen Wettbewerb die besten Kühe Irlands auszuzeichnen.
Doch wo ist er da nur hingeraten? Die Leute finden es hier normal, in eine Wolldecke mit Kuhmuster gehüllt vor einer Kuh auf und ab zu hüpfen. Und wozu um alles in der Welt müssen Kühe eigentlich frisiert werden?
Tom gibt alles, um nicht aufzufliegen, denn schließlich geht es darum, seine Traumfrau zu erobern.